Une maîtresse si délicate

CAROL MARINELLI

Une maîtresse si délicate

Traduction française de
ÉLISABETH MARZIN

AZUR

HARLEQUIN

Collection : Azur

Titre original :
THE GREEK'S CINDERELLA DEAL

HARPERCOLLINS FRANCE
83-85, boulevard Vincent-Auriol, 75646 PARIS CEDEX 13
Service Lectrices — Tél. : 01 45 82 47 47 - www.harlequin.fr
ISBN 978-2-2804-7541-9 — ISSN 0993-4448

Composé et édité par HarperCollins France.
Imprimé en mai 2022 par CPI Black Print (Barcelone)
en utilisant 100% d'électricité renouvelable.
Dépôt légal : juin 2022.

MIXTE
Papier issu de sources responsables
FSC® C159065

Pour limiter l'empreinte environnementale de ses livres, HarperCollins France s'engage à n'utiliser que du papier fabriqué à partir de bois provenant de forêts gérées durablement et de manière responsable.

Prologue

— Il faut qu'on parle.

— Pas maintenant, Galen, répliqua Costa Leventis sans lever les yeux de son ordinateur.

— Pourquoi n'as-tu toujours pas d'assistante ?

— Pourquoi en aurais-je une quand je peux emprunter la tienne ?

C'était à la fois une plaisanterie récurrente et une pomme de discorde entre les deux hommes. Ils partageaient des bureaux à Kolonaki, un des quartiers les plus chics d'Athènes. Ou, plus exactement, le siège de la société informatique de Galen et celui de l'empire immobilier de Costa occupaient le même immeuble. Quand ils s'étaient lancés dans les affaires, à la fois ensemble et séparément, ils avaient joint leurs ressources limitées pour louer dans ce quartier l'équivalent d'un placard, parce que l'adresse prestigieuse les rendait plus crédibles. Pas réellement amis, ils étaient juste deux garçons pauvres d'Anapliro qui voulaient réussir. Leur arrangement s'était révélé fructueux. À présent l'immeuble leur appartenait, et leurs sociétés respectives étaient florissantes.

— C'est justement parce que ça ne peut plus durer qu'il faut qu'on en parle, répliqua Galen. Kristina part bientôt en congé de maternité…

— Elle est enceinte ?

Galen pouffa.

— Voyons, Costa ! Elle arrive à la fin du septième mois !

— Eh bien, si tu engages une nouvelle assistante, puis-je te suggérer d'en choisir une un peu plus aimable ?

— Je ne suis pas venu te demander conseil. Kristina et moi nous avons discuté de l'organisation de son travail à son retour, et il se trouve que tu es le principal point de friction. Elle en a assez de gérer ton agenda perso très chargé.

— Je lui demande juste de temps en temps d'envoyer des fleurs ou d'annuler une réservation au restaurant. Rien de plus.

— Tu viens de l'appeler chez elle, un samedi matin, pour lui demander de réserver un vol, une chambre dans ton hôtel londonien favori, et une table isolée au bar dudit hôtel.

— C'est un rendez-vous de dernière minute. Et c'est professionnel. Ça n'a rien à voir avec mon agenda perso.

— Kristina travaille pour moi. Ce n'est pas toi qui la paies. Il faut que tu engages ta propre assistante, Costa.

— Dis-moi, Kristina ne se plaignait pas de moi quand elle essayait de trouver un lieu pour ses fiançailles, il me semble ?

Devant le silence attendu de Galen, Costa poursuivit.

— La réception a eu lieu dans mon hôtel parisien, et si je me souviens bien j'ai assumé tous les frais. Quelques mois plus tard, quand elle t'a annoncé qu'elle envisageait de démissionner à cause du stress lié à l'organisation de son mariage, j'ai mis à sa disposition tout mon personnel du Liechtenstein. Mais pour ce matin, si ça peut l'apaiser, je lui enverrai des fleurs et je lui présenterai des excuses.

— Arrête juste de lui demander des services. Et à propos, pourquoi ce rendez-vous avec Ridgemont, ce soir ?

Costa plissa le front. Pourquoi cette question ? Galen et lui n'avaient pas l'habitude de discuter de leurs affaires respectives.

— J'avais demandé à Kristina d'éviter les potins.

— Ce n'était pas un potin. Juste une précision qu'elle m'a donnée quand elle s'est plainte au sujet de ton coup de téléphone. Mais je suis curieux de savoir pourquoi tu es soudain pressé de rencontrer Ridgemont, alors que ça fait des semaines que tu l'évites. Je ne sais pas ce que tu mijotes, mais…

— Eh bien, ne cherche pas à le savoir, coupa Costa d'un ton brusque en fermant son ordinateur.

— Écoute, je ne doute pas que tu aies pris toutes les précautions nécessaires sur le plan juridique, mais garde à l'esprit que Ridgemont peut être dangereux.

— Alors c'est une chance que j'aie été *kakoúrgos* autrefois, répliqua Costa d'un ton désinvolte.

Oui il avait été un peu voyou. Et il avait survécu à la rue. Ce n'était pas Ridgemont qui allait l'impressionner.

— Quand même, prends garde à toi, Costa…

Costa ne répondit pas. Il n'avait pas besoin de cet avertissement. Il prenait garde à lui depuis plus d'un quart de siècle. Il haïssait Eric Ridgemont depuis l'âge de dix ans. Ce que personne ne savait, pas même Galen.

Aujourd'hui il allait à Londres avec une seule idée en tête.

La vengeance.

1.

Autrefois elle était intrépide. Elle en avait la preuve écrite ! Mary balayait le salon de coiffure en pensant au vieux bulletin scolaire qu'elle avait parcouru la veille au soir.

« Mary peut être casse-cou par moments. »

Elle avait sept ans, à l'époque. Elle était souriante et pleine d'entrain.

— Mary !

La voix de Coral, sa patronne, la fit tressaillir.

— Il faut que je te parle.

— Bien sûr !

— Dans la salle de repos.

Mary appuya le balai contre le mur et se recoiffa à la hâte. Elle savait pourquoi Coral l'appelait… Elle s'en doutait, en tout cas. Aujourd'hui c'était son vingt et unième anniversaire. Or en principe à chaque occasion de ce genre, une petite fête était organisée au salon. Mais jusque-là personne n'avait fait la moindre allusion à son anniversaire et elle avait le moral en berne. Elle n'avait même pas reçu de carte de son père…

— Ne t'inquiète pas, tu n'as pas d'ennuis, ajouta Coral alors qu'elles traversaient le salon.

Mary réprima une moue de dérision. Pour une fois… Dès qu'il y avait un problème dans ce salon de coiffure londonien miteux, c'était sur elle que ça retombait.

— Tu as des projets pour ce soir ? lui demanda Coral dans le petit couloir qui menait à l'arrière du salon.

— Non, répondit Mary, le cœur battant.

— Tant mieux, parce que j'ai quelque chose à te proposer, dit Coral en arrivant devant la porte de la salle de repos.

— Ah bon ? dit Mary en se préparant à entendre crier « Joyeux anniversaire ! » et à prendre un air surpris.

Elle frémissait d'excitation. Les filles avaient-elles pensé à décorer la salle avec des ballons ? En tout cas, il y aurait forcément un gâteau. Coral ouvrit la porte. Pas un bruit. La salle était vide. Pas de ballons. Pas de gâteau. Juste des mugs sales qu'elle devrait laver à la fin de la journée... Cruellement déçue, Mary se raccrocha sans trop y croire à un dernier espoir. Peut-être Coral et les autres avaient-elles prévu de l'inviter quelque part ?

— Quelque chose à me proposer ?

— J'ai un rendez-vous ce soir et je ne peux pas me défiler. Crois-moi, j'ai essayé... Le problème c'est que Costa Leventis arrive d'Athènes.

Mary plissa le front.

— Ne me dis pas que tu n'as jamais entendu parler de lui ! s'exclama Coral.

— Eh bien... si. Je veux dire, non. Jamais entendu parler.

— C'est un homme d'affaires célèbre. Un dîner a été organisé au dernier moment.

Coral cita le nom d'un hôtel prestigieux de Mayfair et Mary écarquilla les yeux.

— Le problème c'est que j'ai déjà un cli... un rendez-vous ce soir. J'aimerais que tu me remplaces.

— À un rendez-vous avec Costa Le... ?

— Mon Dieu, non ! Crois-moi, pour ça je laisserais tout tomber. Non le dîner c'est avec Eric Ridgemont, qui a lui-même rendez-vous avec Costa Leventis.

Mary ne savait pas non plus qui était Ridgemont, mais elle écarquilla de nouveau les yeux quand Coral lui précisa combien elle serait payée. Davantage que ce qu'elle gagnait en deux semaines ! Pour un dîner ? Elle était peut-être encore vierge mais elle n'était pas naïve. Ses séjours en famille d'accueil pendant les périodes où son père était en prison lui avaient beaucoup appris sur la vie. La voiture de sport et la garde-robe hyper chic de Coral ne correspondaient pas au train de vie de gérante d'un salon de coiffure bas de gamme.

— Seulement pour dîner ? demanda-t-elle.

— À toi de voir. Je sais que je te préviens à la dernière minute, mais puisque tu n'as pas de projets pour ce soir…

— Je suis désolée mais c'est non.

— C'est vraiment très important.

Pas pour moi. C'était la réponse la plus tentante mais elle n'avait pas envie de se quereller avec sa patronne – ni avec personne, d'ailleurs ! Depuis qu'elle avait perdu sa mère à l'âge de sept ans, Mary était la proie d'une anxiété permanente. Ce salon n'était pas seulement son lieu de travail, c'était aussi l'endroit où elle vivait. Elle avait été engagée dans le cadre d'un contrat aidé temporaire, mais à la fin de celui-ci Coral lui avait proposé un emploi permanent avec logement à la clé. Elle avait également évoqué la possibilité d'un contrat d'apprentissage, mais finalement ce projet ne s'était pas matérialisé. Coral s'était fait un plaisir de lui expliquer pourquoi. En dehors de sa tendance à rêvasser, elle était incapable d'alimenter une conversation et toujours prête à commettre des gaffes… En bref, elle n'était pas la personne qui convenait. Elle n'était pas à sa place. Ce qui n'était pas nouveau. Mary Jones : « le placement d'urgence » qui finissait toujours par poser des problèmes. En général elle était étiquetée comme « difficile » et « bizarre ». À l'époque où le chagrin l'avait poussée à se replier sur elle-même, elle était qualifiée d'enfant maussade. Plus tard, quand elle avait tenté de se faire des amis elle avait été considérée comme terriblement collante. Aujourd'hui, à vingt et un ans, elle n'avait pas de vrais amis, ni un vrai travail, ni même un vrai domicile – juste un lit dans l'arrière-salle du salon de coiffure.

— Ce soir tu as une occasion de gagner une belle somme,

insista Coral. Toi qui te plains sans arrêt de ne pas avoir assez d'argent… Je fais beaucoup pour toi, tu sais. Hier encore j'ai pris ta défense devant les autres filles quand le pot à pourboires a disparu.

— Je n'y étais pour rien !

Coral soupira ostensiblement.

— On ne saura jamais le fin mot de l'histoire. Mais ça arrive souvent ces derniers temps, et si les autres filles étaient au courant pour ton père…

Mary se recroquevilla sur elle-même, et Coral prit un ton plus conciliant.

— Si tu me rends ce service je double la somme et je te coiffe.

Mary hésita. L'idée de se faire coiffer était tentante. Elle avait beau travailler au salon, elle n'avait jamais eu droit à une véritable coupe. Mais non…

— Je suis désolée, je ne peux pas.

— Réfléchis, dit Coral avant de quitter la pièce.

Mary s'en voulait. Elle aurait dû se défendre avec plus de vigueur contre l'insinuation de vol. Mais à la moindre allusion au parcours judiciaire de son père, elle était paralysée par la peur que quelqu'un s'y intéresse d'un peu trop près. Avant le délit mineur pour lequel il était en train de purger sa peine actuelle, il avait été condamné pour fraude. Mais c'était ce qui s'était passé encore avant qu'elle ne supporterait pas de voir révélé. William Jones, qui conduisait en état d'ivresse, avait été accusé d'homicide involontaire pour la mort de son épouse. S'efforçant de chasser ces souvenirs de son esprit, Mary rassembla les mugs sales et se dirigea vers la petite cuisine située à côté de sa chambre. Voyant que le lait était une fois de plus resté dehors, elle le remit dans le réfrigérateur. Après avoir refermé la porte elle la contempla. Parmi tous les magnets qui la parsemaient, il y en avait un très précieux qui la suivait partout où elle logeait. C'était un petit thermomètre associé à la photo d'une plage des Cornouailles. Il fonctionnait toujours et, quand elle vérifiait la température le matin, elle pouvait presque sentir la présence de sa mère, souriante. C'était un objet qui ne l'avait jamais quittée depuis qu'elle avait dû partir de la maison familiale pour son premier placement – un petit cadeau qu'elle avait acheté à sa mère lors de leurs dernières vacances en famille. Comment aurait-elle pu deviner en ce jour d'été merveilleux que quelques semaines plus tard tout son univers s'effondrerait ? Elle effleura du bout des doigts la photo et le thermomètre, toujours précis malgré les années. Ici, loin de la chaleur du salon, la température était aussi basse que son moral. Elle se sentait si seule… Elle dégagea le morceau de papier fixé sur la porte à l'aide du magnet. Un horoscope qu'elle avait découpé quand elle avait trié les magazines du salon.

Si c'est votre anniversaire aujourd'hui…

Des aventures l'attendaient, apparemment. À condition qu'elle ait le courage de prendre des risques. Elle avait découpé cet horoscope avec le vague espoir que c'était un signe envoyé par sa mère pour lui montrer la voie à suivre. Stupide, peut-être, mais c'était le seul guide dont elle disposait. Coral passa une commande, et Mary remit l'horoscope en place sous le magnet. Puis elle prépara les boissons et les apporta au salon.

— Où allez-vous ce soir ? demandait Coral à une cliente.

Tout le monde se préparait pour la sortie du samedi soir. Dîners, bars… Anniversaires, rendez-vous avec des amis… Mary entendait des bribes de conversations malgré le bruit des sèche-cheveux. La moitié des clientes semblaient avoir des rendez-vous arrangés avec des inconnus. Après tout, ce que lui proposait Coral revenait à peu près au même, non ? L'argent lui permettrait de compléter sa tenue pour les entretiens et de quitter le salon comme elle le projetait secrètement.

— As-tu réfléchi ? demanda Coral après le départ de la dernière cliente.

— Je ne sais pas…

— Eric a vraiment besoin de quelqu'un pour l'accompagner au restaurant. Leventis va amener une bombe, c'est certain ! Eric ne veut pas se retrouver seul en face d'eux.

Mary hésita. Une des raisons pour lesquelles elle ne s'aventurait jamais dans des endroits plus excitants que le café du coin de la rue ou la bibliothèque du quartier, c'était la crainte d'attirer les regards parce qu'elle était seule. Cet Eric aurait-il le même problème qu'elle ?

— Eric est un ange, tu verras, assura Coral. Si tu n'as rien à te mettre, tu peux emprunter une robe…

— J'ai ce qu'il faut, coupa Mary.

Elle avait eu un coup de cœur pour une robe vintage dans une friperie et elle n'avait pas résisté à la tentation de l'acheter, mais elle n'avait jamais eu l'occasion de la porter. C'était le moment ou jamais, non ?

— Tu es sûre ? demanda Coral d'un ton dubitatif. C'est un hôtel très chic.

— J'ai la robe qu'il faut. Je la gardais pour une occasion spéciale.

— Parfait ! Assieds-toi et je vais te coiffer.

— Sans me laver les cheveux ?

— Il ne reste pas assez de temps.

Pendant que Coral la coiffait, Mary repensa aux commentaires sur son bulletin de notes. Casse-cou, encline à faire des bêtises… Mais il y avait aussi une mise en garde.

« Mary doit apprendre à réfléchir aux conséquences. »

Depuis des années elle suivait ce conseil. Elle réfléchissait aux conséquences. Résultat, elle avait toujours peur de prendre la moindre initiative. Mais elle en avait plus qu'assez de rester sur la touche à regarder les autres s'amuser.

— Terminé ! lança Coral. Je te laisse te maquiller toi-même. Il faut vraiment que j'y aille. À mardi. N'oublie pas de faire la poussière lundi.

— Bien sûr, répondit distraitement Mary.

Ce soir c'était son vingt et unième anniversaire, et elle avait rendez-vous pour la première fois !

2.

— C'est vous, Mary ?

Dans le hall de l'hôtel le plus luxueux de Londres, le ton acerbe de l'homme avec qui elle avait rendez-vous fit tressaillir Mary. Il semblait évident qu'Eric Ridgemont n'était pas « un ange ». De plus, il n'était pas seul. Il était accompagné de trois hommes grands et forts en costume, qui la rendaient nerveuse. Si le groom n'avait pas déjà pris son manteau, elle aurait fait demi-tour… Elle se raidit tandis que Ridgemont promenait un regard dédaigneux sur sa robe en tweed gris. Très sobre sur le devant, avec juste des pinces de poitrine et de taille, celle-ci devait son élégance à son dos décolleté et à sa jupe sirène. Mais apparemment elle n'était pas du goût de tout le monde…

— Vous êtes en retard, ajouta Ridgemont d'un ton rogue.

— Mon bus…

La voix de Mary s'éteignit. Inutile de tenter de s'expliquer. Il ne l'écoutait pas. Si seulement il pouvait cesser de la détailler de cet air réprobateur… Elle se sentait d'autant plus mal à l'aise que les escarpins que Coral lui avait prêtés étaient trop grands pour elle.

— Et en plus vous n'êtes pas maquillée ?

— Je ne me maquille jamais.

Ridgemont poussa un soupir exaspéré, puis il consulta sa montre.

— Nous ferions mieux d'y aller.

— Je ne crois pas… Il est évident que je ne corresponds pas à vos attentes.

Elle pivota sur elle-même en vacillant sur les talons aiguilles peu familiers. Coral allait être furieuse…

— Oh ! non, vous restez là !

Ridgemont referma ses doigts boudinés sur son bras, et elle sentit son appréhension se muer en panique.

— Il est trop tard pour régler le problème. Je suis obligé de me contenter de vous.

Incapable d'émettre un son, elle le suivit jusqu'au restaurant, où un maître d'hôtel les accueillit.

— Coral vous a-telle dit avec qui nous dînons ? lui demanda Ridgemont quand ils furent assis.

Elle hocha la tête avec nervosité. Quel était le nom de l'homme en question ?

— Brièvement, mais… je suis désolée, j'ai oublié.

— Costa Leventis. Il possède des biens immobiliers dans toute l'Europe. Mais les potins vous intéressent sans doute davantage. On parle souvent de lui dans la presse people… Leventis déclenche des scandales partout où il passe. Il est d'une arrogance insupportable. Comme tous les nouveaux riches.

Eric eut une moue méprisante.

— Il a besoin qu'on lui rappelle de temps en temps qui l'a aidé à démarrer. Il sera sûrement en compagnie d'une bombe. Occupez-la pendant que j'essaie de découvrir ce qu'il mijote.

Il se pencha vers Mary avec un regard qui la révulsa.

— Ça pourrait vous valoir un bonus.

Elle eut un frisson de dégoût. L'endroit était peut-être somptueux, mais elle donnerait n'importe quoi pour se retrouver dans sa petite chambre meublée à l'arrière du salon.

— J'ai accepté de dîner, c'est tout.

— La nuit se terminera quand je vous le dirai. Pas une

minute plus tôt. N'oubliez pas que vous êtes très bien payée. Alors je vous conseille de changer d'attitude et de sourire.

Se lever et partir tout de suite ? Non, mieux valait attendre quelques instants, décida Mary. Elle s'excuserait et elle prendrait la direction des toilettes. Mais elle déguerpirait... Sauf que les trois hommes qui accompagnaient Eric étaient assis à la table voisine ! Elle se força à sourire tout en continuant de penser à sa fuite.

— C'est mieux, approuva Eric. Et n'oubliez pas...

Il s'interrompit alors que l'atmosphère de la salle changeait brusquement. Le bruit des conversations cessa, les serveurs s'immobilisèrent, et tous les regards se tournèrent vers l'homme qui venait de pénétrer dans la salle. Costa Leventis n'avait rien à voir avec ce qu'elle avait imaginé, constata Mary. Et l'effet qu'il lui faisait non plus. Pourquoi était-elle soulagée ? C'était comme si elle venait de reconnaître un ami. Or elle n'avait pas d'amis. Il était grand. Très grand. Ses cheveux noirs bouclaient sur la nuque, et il n'était pas rasé. Il ne portait pas non plus de smoking, alors que celui-ci était de rigueur. Mais, alors qu'il approchait d'une démarche nonchalante, la coupe impeccable de son costume noir porté sur une chemise de même couleur sautait aux yeux. Il était sans aucun doute la personne la plus élégante et distinguée de toute l'assistance. Et apparemment il n'y avait avec lui personne à « occuper » pendant qu'il discuterait affaires avec Eric. Pourquoi la vue d'un homme aussi imposant la soulageait-elle ? Les jambes tremblantes, Mary imita Eric qui venait de se lever.

— Eric, dit Costa en serrant la main de ce dernier.

Puis il se tourna vers elle en tendant la main.

— Et vous êtes... ?

— Mary.

— Mary ?

— Mary de Londres, répliqua-t-elle en lui serrant la main.

— Un nom de famille peu commun.

Elle se maudit. Comment avait-elle pu faire une réponse aussi idiote ? Mais il était trop tard pour rectifier. Et de toute façon, connaître son nom n'intéressait visiblement pas cet homme. Il avait déjà reporté son attention sur Eric.

— Nous étions censés nous retrouver au bar, mais on m'a dit que vous m'attendiez ici. Pourquoi ce changement ?

— Il y a beaucoup trop longtemps que nous n'avons pas dîné ensemble. Pour combien de temps êtes-vous à Londres ?

— Ça dépend, éluda Costa avant de se tourner vers le serveur pour commander un cognac.

— J'avais plutôt envisagé du champagne, objecta Eric avec un petit rire forcé.

Mary lui lança un coup d'œil furtif. Apparemment, la présence de Costa le rendait nerveux.

— Nous avons quelque chose d'important à célébrer, après tout, ajouta-t-il.

— Champagne pour M. Ridgemont, dit Costa. Mary ?

Elle secoua la tête.

— Rien, merci.

— Prends un peu de champagne, insista Eric.

— Non, merci, répliqua-t-elle, mal à l'aise.

Tutoyer cet homme odieux allait être très compliqué… D'autant plus que s'ils se connaissaient vraiment il saurait qu'elle ne buvait pas, non ? Mais il fallait bien jouer le jeu… Et puisqu'il y avait quelque chose à célébrer, peut-être allait-il porter un toast. Dans ce cas, n'était-elle pas censée lever son verre comme les autres ?

— Je vais prendre de l'eau gazeuse.

— Champagne pour tout le monde ! lança Eric à l'adresse du serveur, qui attendait patiemment.

— Un cognac, de l'eau gazeuse, et du champagne pour M. Ridgemont, rectifia aussitôt Costa Leventis.

— Bien sûr, monsieur. Voulez-vous les menus ?

— Juste les boissons, merci.

Mary éprouva une pointe de satisfaction. Pas de champagne,

pas de menus… De toute évidence, la soirée manigancée par Eric ne se déroulait pas comme prévu. Costa imposait sa volonté le plus naturellement du monde. D'ailleurs, c'était peut-être la seule personne imperturbable de tout le restaurant ! Toutes les femmes sans exception lui lançaient des coups d'œil furtifs. Et, à son arrivée, les hommes l'avaient regardé avec quelque chose qui ressemblait à du respect. Sa compagnie devait être très recherchée, que ce soit dans le privé ou professionnellement. Pourtant, il était venu seul. Ce qui en disait long. Contrairement à Eric, il n'avait pas eu l'intention d'impressionner qui que ce soit. Et ce rendez-vous n'était pas son seul projet pour la soirée. Mary l'observa tandis qu'il promenait un regard distrait sur la salle. Il suffirait qu'il soutienne une demi-seconde le regard d'une des femmes présentes pour qu'elle quitte sa table et vienne s'asseoir à côté de lui. C'était une évidence. D'ailleurs, elle était très tentée elle-même de changer de place… Impossible de nier qu'il était fascinant. Même sa voix était envoûtante. Une voix profonde teintée d'un accent mélodieux… Ce qui ne l'empêchait pas de parler un anglais parfait.

— J'avais réservé une table isolée au bar, pour que nous puissions discuter en toute discrétion sans être dérangés.

— Nous pouvons très bien discuter ici. Mary sait que nous devons parler affaires, n'est-ce pas, chérie… ?

Eric prit la main de Mary, mais quand il se pencha vers elle pour déposer un baiser sur sa joue elle ne put s'empêcher d'avoir un mouvement de recul. À sa grande consternation, elle eut beau détourner son visage elle ne parvint pas à éviter le contact de ses lèvres visqueuses. Tandis qu'Eric continuait de parler, elle s'essuya furtivement la joue avec sa serviette.

— Costa et moi nous nous connaissons depuis très longtemps.

C'était à elle qu'il s'adressait, mais son objectif était sans aucun doute d'amadouer Costa.

— Ça fait combien de temps maintenant que vous êtes dans les affaires, Costa ? Quinze ans ?

— Oh ! plus longtemps, je pense.

— Impossible. Vous veniez d'avoir vingt ans quand j'ai avalisé l'emprunt pour le club de vacances d'Anapliro, non ?

— C'est un centre de thalassothérapie.

— Et aujourd'hui vous avez quel âge ?

— Trente-cinq ans.

— Vous voyez ! lança Eric d'un air triomphant. Je savais bien que j'avais raison.

Mary jeta un coup d'œil à Costa. À en juger par son sourire furtif, au lieu d'avoir raison comme il le croyait, Eric venait de se faire avoir… Mince alors ! Apparemment, ce qui se jouait à cette table dépassait le cadre des affaires… À cet instant, Costa lui lança un coup d'œil et elle rencontra vraiment son regard pour la première fois. Son visage avait beau être impassible, ses yeux exprimaient une grande perspicacité. De quelle couleur étaient-ils ? Difficile à dire. Un mélange d'argent et de gris, avec une pointe d'émeraude… Eric continuait de pérorer, et Costa reporta son attention sur lui. À la vue de la lueur furtive de mépris qui s'alluma dans ses yeux, Mary déglutit péniblement. Il y avait du danger dans l'air…

— Un bled sinistre, n'est-ce pas ? dit Eric.

Puis, sans tourner la tête, il s'adressa de nouveau à elle.

— Costa a grandi là-bas.

— Vraiment ? dit-elle poliment.

— Mais à l'époque il ne me l'a pas dit.

— Si je l'avais fait, vous ne m'auriez pas accordé votre attention, déclara Costa.

— Je dois reconnaître qu'il avait su voir le potentiel de l'endroit. Un exploit, parce que c'était sinistre. Cependant, sans ma caution…

Eric continua de parler indirectement à Costa en feignant de s'adresser à Mary. Il en faisait des tonnes pour tenter de rabaisser Costa, mais ses efforts restaient vains. Ce dernier demeurait imperturbable.

— Enfin, c'est de l'histoire ancienne, dit Eric en regardant autour de lui. Et nos verres ? Où sont-ils ? Je veux trinquer à notre incursion au Moyen-Orient. Ah, les voilà…

Costa jubilait. Il attendait ce moment depuis si longtemps… Oui, tout ça remontait à bien plus de quinze ans. Il se remémora son tout premier achat. Une pièce unique dans un hôtel miteux. Le seul d'Anapliro à l'époque. Ça n'avait pas été un achat d'impulsion. Loin de là. Et ce qu'il venait de dire à Ridgemont était exact. Ce dernier n'aurait jamais daigné accorder le moindre regard à un garçon pauvre d'Anapliro. N'avait-il pas ignoré une femme malade, tombée à terre devant lui ? Oh oui, l'instant de la vengeance était doux, et il avait plus d'une raison de le savourer…

Au moment de prononcer le petit discours soigneusement préparé, Costa jeta un coup d'œil à la jeune femme assise à côté de Ridgemont. Une évidence s'imposa à lui. C'était cette « Mary de Londres » qui allait faire les frais de sa vengeance. Ridgemont passerait sans aucun doute sa colère sur elle… Et alors ? Que Ridgemont ait choisi de venir accompagné ne devrait pas avoir d'effet sur ce rendez-vous d'affaires. D'ordinaire, il ne se soucierait pas un seul instant des dommages collatéraux de la nouvelle qu'il était sur le point d'annoncer. Il n'était pas cruel. Il s'était juste entraîné pendant des années à rester insensible. Sauf que là…

Il jeta un nouveau coup d'œil à la jeune femme. Elle portait une robe grise très sobre et pas un seul bijou. Pas de maquillage non plus. Le chignon qui retenait ses cheveux blonds mettait en valeur ses traits délicats et l'éclat de ses yeux saphir. Certes. Mais le problème n'était pas là. Le problème c'était son attitude, qui dénotait une grande circonspection. Ainsi qu'une certaine naïveté, qui ne collait pas avec la situation… Parce que Ridgemont avait payé pour sa compagnie, il n'y avait aucun doute à ce sujet. Elle était comme un petit oiseau posé sur le rebord d'une fenêtre, inquiet mais sans être pleinement conscient du danger… Oh ! malgré la mise en garde de Galen il ne s'attendait pas à un scandale. À l'écoute de la nouvelle, Eric le prendrait de haut. Puis il quitterait les lieux furieux, suivi par ses gorilles. Ensuite il y aurait quelques réunions houleuses, suivies par une action judiciaire. Tout cela il s'y était préparé depuis longtemps. Mais voilà qu'un imprévu venait de surgir. Ridgemont allait partir dans la nuit hors de lui avec elle.

— À la vôtre, lança Ridgemont en levant son verre. Comment dit-on déjà en Grèce ? *Yamas !*

— *Yamas*. À votre santé…

Costa trinqua avec Ridgemont, puis il regarda Mary. Comment trinquer à la santé de cette femme en sachant qu'elle allait partir avec une ordure comme Ridgemont ? Il fut gagné par un sentiment étrange qu'il préféra ignorer. Pourquoi éprouverait-il le besoin de protéger une femme avec laquelle il n'avait pas échangé plus de deux mots ?

Costa Leventis n'avait pas trinqué avec elle… Mary restait figée sur sa chaise, mortifiée. En même temps, très curieusement, elle se sentait en sécurité. Apaisée par la présence de Costa. C'était d'autant plus étonnant qu'il semblait stresser tout le monde. Eric avait le front humide de sueur, les serveurs semblaient sur le qui-vive, et dans toute la salle des têtes se tournaient régulièrement vers leur table.

— Je suppose que si vous êtes venu à Londres plus tôt que prévu c'est pour une raison précise ? demanda Eric.

— En effet…

Le ton de Costa ne présageait rien de bon, et il renvoya d'un geste de la main un serveur qui approchait. L'estomac de Mary se noua. Il n'avait pas l'intention de rester… Quand il aurait répondu à Eric, il partirait. Et elle resterait seule avec cet homme détestable…

— Je ne voulais pas vous l'annoncer par mail ni en

visioconférence, poursuivit Costa. Vous savez que je préfère parler aux gens en face.

— Nous avons hâte de vous entendre… n'est-ce pas, chérie ? répliqua Eric en reprenant la main de Mary et en la pressant dans la sienne.

Trop fort, visiblement… Le bout des doigts de « Mary de Londres » devenait tout blanc. Costa leva les yeux vers le visage de la jeune femme. La peur se lisait dans son regard. Il reporta son attention sur Ridgemont.

— Je préférerais vous parler seul à seul.

— Si vous voulez.

Mary se leva.

— Justement, j'ai besoin de m'absenter quelques minutes.

Eric n'eut pas d'autre choix que de lui lâcher la main. Elle posa sa serviette sur la table et marmonna qu'elle allait se rafraîchir. S'éloignant d'un pas vif elle demanda le chemin des toilettes à un serveur. Juste avant de les atteindre, elle se retourna pour jeter un coup d'œil furtif à la table. Son cœur fit un bond dans sa poitrine. Quelle idiote ! Elle avait oublié de prendre son sac !

Costa remarqua sur la table le petit sac défraîchi à la bandoulière râpée et il lança un coup d'œil à Mary qui s'éloignait. Sa démarche suggérait que ses escarpins à talons n'étaient pas à sa taille. Elle se retourna et leurs regards se croisèrent. Pas de doute, elle avait peur. Depuis le début elle attendait la première occasion pour s'échapper.

Mary rencontra le regard de Costa, et il hocha imperceptiblement la tête. Pour la remercier de les laisser seuls ? Pour lui suggérer de prendre son temps avant de revenir ? Elle n'en avait aucune idée. Se retournant, elle atteignit la porte des toilettes pour dames, l'ouvrit et se précipita vers un lavabo auquel elle s'agrippa en s'efforçant de se calmer. Sans y parvenir. Comment avait-elle pu oublier son sac ? Que faire à présent ? Ce que Costa avait à annoncer à Eric n'était pas une bonne nouvelle. C'était clair. À son retour, elle ne trouverait pas deux hommes en train de trinquer la mine réjouie ! Elle aurait tout intérêt à filer au plus vite. Sauf que son sac contenait les clés du salon, le peu d'argent qu'elle avait et sa carte de transport… Or cet hôtel luxueux était très loin de chez elle. Chez elle… Elle laissa échapper un petit rire sans joie qui avait tout d'un sanglot étranglé. Elle avait beau avoir des années de solitude derrière elle, elle ne s'était jamais sentie aussi seule. Ce soir, alors que c'était son anniversaire, il lui était particulièrement douloureux de n'avoir pas un seul proche à qui demander de l'aide. Si elle n'arrivait pas à rentrer chez elle, personne ne s'en apercevrait. Absolument personne. Elle cacha son visage dans ses mains. Presque quatorze ans après sa mort, sa mère lui manquait toujours autant. Elle lui parlait toujours, en pensée. C'était dur d'être privée de conseils maternels depuis l'âge de sept ans. Elle n'avait personne sur qui compter en cas de problème. Malgré tout… Elle entendit la voix autrefois ferme de son père. « Si tu as un problème, tu demandes de l'aide à quelqu'un. » Il lui expliquait ce qu'elle devait faire si elle se perdait dans un magasin ou si elle était séparée de sa classe au cours d'une sortie scolaire. « Un policier si tu en vois un, ou bien une femme. » Mary retira ses mains de son visage, un peu rassérénée. Il suffisait d'aller à la réception pour demander qu'on récupère son sac pour elle et qu'on lui appelle un taxi. Elle n'avait pas les moyens de s'en offrir un bien sûr, mais elle pouvait puiser exceptionnellement dans son fonds d'urgence. Et si Coral la renvoyait, eh bien… De toute façon, elle avait déjà décidé de quitter son travail. Oh ! elle préférerait attendre d'avoir un autre emploi et un logement en vue, mais il fallait parer au plus pressé.

Plus déterminée, mais toujours pleine d'appréhension, elle lissa sa robe et se recoiffa rapidement. Puis elle prit une profonde inspiration et sortit des toilettes, prête à quitter le restaurant pour rejoindre le hall de l'hôtel. Elle jeta au passage un coup d'œil à la table. Costa y était assis seul. Ridgemont avait disparu… et ses hommes aussi. Autant aller récupérer son sac elle-même. À y regarder de plus près, Costa Leventis pianotait nerveusement sur la table et il semblait irrité. Très irrité.

Costa était furieux. Tous ses projets étaient tombés à l'eau. En fin de compte, il n'avait pas dit à Ridgemont qu'il cessait toutes relations avec lui. Il l'avait envoyé à une soirée très privée en lui disant qu'il le rejoignait. Pourquoi ? Bonne question… Et la réponse était difficile à accepter. Toute sa soirée avait été chamboulée à cause de cette « Mary de Londres » qui ne représentait absolument rien pour lui ! Quand elle revint à la table il se leva.

— Ridgemont est parti.

— Parti pour de bon ? Ou bien est-ce qu'il… m'attend ? demanda-t-elle en lançant un coup d'œil inquiet vers la sortie.

Pourvu qu'il ne soit pas en train d'arpenter le hall… Surtout si Costa et lui venaient d'avoir des mots.

— Non, je lui ai parlé d'une soirée à Soho, où on ne peut entrer que sur invitation. Je suis censé le rejoindre un peu plus tard.

Oh.

— Et ce n'est pas le genre de soirée à laquelle on arrive avec quelqu'un, généralement.

Double oh… Que s'était-il passé entre les deux hommes ? Mary n'était pas certaine d'avoir envie de le savoir. Cependant, il était clair que la soirée était terminée. Et qu'elle était la pire escort du monde, parce qu'elle n'avait même pas été payée ! Tant pis. Sa brève incursion dans cet univers était officiellement terminée, et c'était l'essentiel. Elle était entrée dans le restaurant en compagnie de Ridgemont et elle en sortait avec Leventis. Mais malgré son soulagement elle avait les jambes tremblantes.

— Bonsoir, dit Costa en s'apprêtant à gagner la table qu'il avait réservée au bar.

Mais une bouffée de colère soudaine le poussa à ajouter :
— Je vais vous donner un bon conseil, « Mary de Londres ». Ne vous frottez pas aux grosses huiles. Et évitez de jouer à des jeux dont vous ne connaissez pas la règle.
— Que voulez-vous dire ? Et à propos, je m'appelle Mary Jones.
— Je m'en moque ! Sachez juste une chose. Je vous ai tirée d'un sale pétrin, ce soir.

3.

Le ton cassant de Costa hérissa Mary.

— Pardon ?

— Je viens de vous sortir d'un sale pétrin.

— Écoutez, je ne sais pas de quoi vous parlez. S'il y avait un peu de tension entre Eric et moi, c'était parce que nous étions tous les deux contrariés. Je suis arrivée en retard parce que j'avais raté mon bus et…

La voix de Mary s'éteignit alors que Costa arquait les sourcils. Quelle idiote ! Elle qui voulait éviter qu'il devine la véritable nature de sa relation avec Eric, elle venait de commettre une gaffe stupide. Si elle formait un véritable couple avec ce dernier, elle serait arrivée avec lui… Certainement pas en bus. Cherchant à se rattraper, elle répéta ce que Coral lui avait dit.

— Eric est un ange.

— Vraiment ? commenta Costa avec un sourire narquois. Dans ce cas, je vous présente mes excuses pour ce malentendu. Je lui ai dit que l'invitation à la soirée était limitée à une personne. Mais si vous voulez le rejoindre, je peux arranger ça.

— Ce ne sera pas nécessaire, merci.

Mary s'était empourprée mais elle avait gardé un air digne, nota Costa. Par ailleurs, si elle était visiblement embarrassée d'avoir été percée à jour, elle semblait avant tout soulagée que ce cauchemar soit enfin terminé.

— Il faut que je m'en aille, marmonna-t-elle en se détournant.

Il la salua d'un bref hochement de tête, puis il sortit son portable de sa poche et le ralluma. En attendant qu'il démarre, il jeta un coup d'œil à Mary qui s'éloignait. Jusque-là il n'avait remarqué que sa nervosité et sa démarche vacillante due à des chaussures trop grandes. Sa robe lui avait paru sobre, mais en réalité elle ne l'était pas tant que ça. Le décolleté dans le dos et la jupe sirène apportaient une touche de sophistication à la coupe et soulignaient la finesse de sa taille. Cette Mary Jones était d'une beauté un peu démodée qui avait son charme... Costa reporta son attention sur son téléphone et s'efforça de se concentrer sur l'écran. Mais il se surprit à jeter un nouveau coup d'œil dans la direction de Mary. Elle n'était pas allée très loin. En fait, elle s'était immobilisée près d'une table. Très pâle, elle respirait profondément en promenant un regard inquiet autour d'elle, comme si elle craignait que Ridgemont réapparaisse. Sans réfléchir, il la rejoignit.

— Tout va bien ?

— Oui, ça va...

Mary se mordit la lèvre. Quel mensonge ! Elle était submergée par une frayeur rétrospective.

— Enfin, non... pas exactement. J'ai connu de meilleurs samedis soir. J'ai juste besoin d'un moment pour me remettre.

Costa fut pris de remords. Il avait déjà remarqué qu'elle était très mince, mais là elle semblait au bord du malaise. Elle comptait peut-être sur le dîner de ce soir... Il était bien placé pour savoir ce que c'était d'avoir faim.

— Voulez-vous manger quelque chose ?

— Non, merci.

— Nous pourrions aller au bar...

— Vous m'avez conseillé vous-même de ne pas me frotter aux grosses huiles, répliqua Mary d'un ton vif qui la surprit elle-même. Or si je ne me trompe pas, vous en êtes une.

— Contrairement à Ridgemont, je ne paie jamais pour

la compagnie d'une femme. Alors, vous pouvez prendre ça pour une insulte et vous indigner, ou bien nous pouvons nous asseoir ici au moins pour prendre un verre.

Il indiqua le bar somptueux avec ses tables espacées, ses fauteuils en cuir, ses banquettes en velours et sa grande cheminée dans laquelle brûlaient des bûches. C'était une pièce vaste et pleine de monde, et pourtant elle avait tout d'un refuge douillet.

— À vous de décider.

Elle jeta un coup d'œil à la porte de l'hôtel. Une minute plus tôt elle n'avait qu'une idée en tête. S'en aller au plus vite. Mais à présent... Dehors il faisait noir et il pleuvait. Curieusement, il paraissait plus sûr de rester avec cet homme que de s'en aller toute seule.

— Juste pour prendre un verre.

— Oui, Mary. Je ne tiens jamais un double langage.

— Ce qui signifie ?

— Si je voulais coucher avec vous, je le dirais carrément. Alors, souhaitez-vous boire un verre avant de partir ?

Pour la première fois depuis son arrivée à l'hôtel, elle se détendit. Oui boire un verre était quelque chose dont elle avait très envie, ne serait-ce que pour se remettre d'aplomb.

— Oui, merci.

Tandis qu'un maître d'hôtel les conduisait à la table réservée par Costa, elle remarqua que les conversations s'interrompaient au passage de ce dernier. Comme dans la salle de restaurant il attirait tous les regards... Mais les gens devaient surtout se demander ce qu'il faisait en compagnie d'une femme aussi peu glamour qu'elle... La table était nichée dans une alcôve. Mary s'assit dans un des deux fauteuils chesterfield et ferma les yeux un bref instant avec un soupir de soulagement. Costa avait peut-être manqué de délicatesse dans ses reproches, mais il fallait reconnaître que ceux-ci étaient justifiés. Sans son intervention, la soirée aurait pu très mal se terminer pour elle...

— Je demande le menu ? demanda-t-il. Personnellement, je mangerais bien quelque chose.

— Allez-y. Moi, je vais juste prendre…

Elle regarda le serveur.

— Un chocolat chaud, s'il vous plaît.

— Serait-ce un cocktail exotique dont je n'aurais jamais entendu parler ?

À la grande satisfaction de Costa, Mary sourit réellement pour la première fois de la soirée. Ce n'était pas un sourire éclatant, certes, mais au moins il n'était pas contraint.

— Non, c'est juste un chocolat chaud.

— Avec de la guimauve ? demanda le serveur.

— Oui, s'il vous plaît !

Costa commanda à boire pour lui ainsi que des amuse-gueules, puis ils bavardèrent en attendant d'être servis. Mary fit un effort, tout en se lamentant intérieurement d'être aussi nulle dans cet exercice.

— Il fait un temps épouvantable.

Costa haussa les épaules.

— Comme à chaque fois que je viens à Londres. Je peux vous prédire qu'il va pleuvoir sans arrêt toute la semaine.

— Vous comptez rester à Londres jusqu'à la fin de la semaine ?

— Oui, répondit Costa spontanément.

À sa grande perplexité. Que lui arrivait-il ? D'ordinaire il prenait soin de garder ses projets pour lui…

Le serveur revint avec la commande. Le cognac préféré de Costa et pour Mary un chocolat chaud servi dans une tasse de porcelaine. Un plateau de pâtisseries miniatures et de fruits enrobés de chocolat accompagnait le tout.

— Bon appétit, dit-il alors qu'elle prenait la pince pour choisir des pâtisseries.

Pourquoi était-il aussi soulagé de la voir manger ? se demanda-t-il, de nouveau surpris par sa propre réaction.

Et pourquoi avait-il soudain envie d'en savoir davantage à son sujet ?

— Parlez-moi un peu de vous.

— Il n'y a pas grand-chose à raconter.

— J'en doute.

— Je travaille dans un salon de coiffure.

— Ça vous plaît ?

— Ça dépend des jours.

Elle mordit dans une pâtisserie. Pour couper court à ses questions ? se demanda-t-il. C'était bien possible. Il attendit qu'elle l'ait avalée et ne lui laissa pas le temps de prendre une nouvelle bouchée.

— Votre famille est à Londres aussi ?

— Je n'ai pas de famille, lui répondit Mary sans ciller.

C'était un mensonge habituel. Un mensonge nécessaire. Malgré tout, elle ne pouvait s'empêcher d'avoir des remords à chaque fois qu'elle le disait. À l'école c'était une question de survie, puis quand Coral l'avait engagée elle lui avait conseillé de ne révéler à personne que son père était en prison. Si bien que ce mensonge était devenu la norme. De toute façon, cet homme n'avait pas besoin de connaître la vérité. S'il posait des questions c'était juste pour alimenter la conversation.

— Aucune ?

— Aucune, acquiesça-t-elle avant de boire une gorgée de chocolat.

— Est-ce très dur d'être seule au monde ? demanda-t-il.

Puis, comme choqué par sa propre curiosité, il s'excusa aussitôt.

— Pardonnez-moi. Cette question est tout à fait déplacée.

— Il n'y a pas de problème.

À vrai dire, cet intérêt était plutôt réconfortant.

— Je suppose que j'y suis habituée dans l'ensemble.

— Et dans le détail ?

— Dans le détail ?

Elle hésita. Il était tentant d'éluder cette question en se contentant de sourire et de manger une autre pâtisserie. Cependant, elle avait été posée avec une sollicitude qui incitait à y répondre. Cet homme qui lui avait paru si imposant semblait bienveillant. Et en plus il était patient. Il laissait le silence se prolonger sans manifester le moindre agacement… Elle se mit à réfléchir. Bien sûr, la solitude était pesante à Noël ou quand personne ne lui souhaitait son anniversaire, comme aujourd'hui. Mais le plus dur c'était l'idée qu'elle pourrait disparaître du jour au lendemain de la surface de la terre sans que personne ne s'en aperçoive…

Costa vit enfin les yeux saphir de Mary quitter son assiette pour se poser de nouveau sur lui.

— Par moments j'ai le sentiment d'être à la dérive.

Il arqua les sourcils avec perplexité.

— À la dérive ?

— Oui. Un peu perdue… sans rien pour me guider dans mes choix.

— Que faisiez-vous avec Ridgemont ? Je le connais depuis des années et je n'ai jamais entendu personne dire de lui que c'était un ange. Même moi je n'avais aucune envie d'être ici ce soir.

— Alors pourquoi y étiez-vous ?

— Vous ne vous attendez pas réellement à ce que je réponde à cette question, je suppose ?

— Non… Mais d'après la tension qui régnait à table, il semblait évident que vous ne vous apprêtiez pas à lui annoncer une nouvelle agréable.

Il resta silencieux.

— Vous le connaissez depuis plus de quinze ans, n'est-ce pas ? reprit-elle.

Il la considéra avec intérêt. Qu'elle l'ait deviné n'était pas si surprenant. Ce qui était inattendu c'était qu'elle soit assez audacieuse pour le dire. Or il appréciait les gens audacieux.

— En effet.

D'ordinaire Costa n'aurait pas confirmé l'information. Et il aurait encore moins donné des précisions. Mais il s'était préparé à rompre brutalement tous les liens avec Ridgemont et il avait été privé de cette satisfaction. Malgré son calme apparent il avait toujours les nerfs à vif.

— Cependant, Ridgemont ne s'en souvient pas. Il avait déjà ses anges gardiens à l'époque.

— Vraiment ?

Au lieu de poursuivre ses confidences, il déclara :

— Pardonnez-moi si je vous parais discourtois… Je n'ai pas l'habitude de me mêler de ce qui ne me regarde pas, mais vous sembliez un peu dépassée ce soir. Et surtout vous aviez l'air d'en avoir conscience vous-même.

Mary resta silencieuse.

— Je me trompe ? insista Costa d'une voix douce.

Comment nier l'évidence ? Si elle n'avait pas oublié son sac quand elle avait quitté la table, elle serait assise dans un taxi qu'elle n'avait pas les moyens de s'offrir et presque arrivée chez elle.

— Non. Ma patronne m'avait assuré…

— Votre patronne ferait bien de sélectionner vos clients avec plus de rigueur.

Oh ! mon Dieu, il devait penser qu'elle parlait de sa proxénète ! Mais il y avait plus préoccupant…

— Risque-t-il de revenir ? Quand il verra qu'il n'y a pas de soirée ?

— Il y a bien une soirée. Mais je doute qu'il soit accueilli avec enthousiasme. Vous avez raison, je n'avais pas une nouvelle agréable à lui annoncer. Mais au lieu de lui dire ce que j'avais prévu, je me suis arrangé pour l'éloigner de vous.

Oh !

— De mon côté je m'apprêtais à me sauver… Écoutez, j'ai commis une erreur…

Elle s'interrompit. Il n'était pas nécessaire de lui dire que Coral avait fait pression sur elle. En revanche, elle avait envie de lui expliquer l'autre raison pour laquelle elle avait finalement décidé de venir. Il y avait quelque chose chez lui qui lui inspirait confiance.

— J'avais juste envie de passer une soirée exceptionnelle… dans un endroit agréable.

— Il y a des moyens moins dangereux de donner un peu de piquant à sa vie, Mary.

Et il devait tous les connaître… Elle réprima un soupir involontaire. Avec ces tempes argentées et ces fines rides au coin des yeux… il respirait la distinction, l'expérience et… quelque chose d'indéfinissable qu'elle ne parvenait pas à nommer. Comme elle se sentait terne et banale à côté de lui !

— Dites-moi, ajouta-t-il. Quel âge avez-vous ?

— Vingt et un ans.

Elle soupira.

— Aujourd'hui.

Il resta impassible. Elle ne s'attendait pas à ce qu'il se mette à chanter pour elle, bien sûr. Malgré tout, cette absence totale de réaction remuait le couteau dans la plaie.

— Depuis combien de temps travaillez-vous au salon de coiffure ?

— Presque cinq ans.

— Cinq ans ?

— Oui. J'ai commencé à seize ans. Ce n'est pas l'idéal, bien sûr. C'est un petit salon pas très glamour.

Elle précisa son nom machinalement.

— Et c'est pour arrondir vos fins de mois que vous acceptez des rendez-vous comme celui de ce soir avec Ridgemont ?

Elle ne répondit pas. La tentation de terminer les pâtisseries était forte, mais il fallait résister puisqu'il n'avait encore rien mangé.

Devinant ses scrupules, Costa poussa le plateau vers Mary.

— Allez-y, je n'aime pas les pâtisseries.

— Pourquoi en avez-vous commandé ?

— Il m'arrive de confondre… Je croyais avoir commandé des *oretika*… des amuse-gueules salés précisa-t-il.

En réalité il savait exactement ce qu'il avait commandé. S'il avait choisi du sucré c'était pour elle, puisqu'elle buvait du chocolat.

— Eh bien, pour moi les pâtisseries c'est parfait.

— Alors n'hésitez pas à les terminer. Je prendrai autre chose plus tard. Vous disiez que le travail au salon de coiffure était loin d'être idéal ?

— Très loin. Quand j'ai été engagée on m'a promis une formation en apprentissage, mais je ne suis pas très douée pour ce qui est des relations avec les clients. J'ai tendance à dire systématiquement ce qu'il ne faut pas.

— Alors ne dites rien. Pour ma part je déteste me faire couper les cheveux parce que les coiffeurs jacassent sans arrêt. Vous pourriez peut-être ouvrir un salon qui propose des coupes sans conversation ? Les hommes s'y précipiteraient.

— Peut-être, répliqua-t-elle avec un sourire amusé.

Décidément, sourire allait très bien à « Mary de Londres », songea Costa, puis il se surprit lui-même une fois de plus en déclarant :

— Vous êtes très belle quand vous souriez.

Elle cligna les yeux. De toute évidence elle n'était pas habituée aux compliments, et cette réaction avait quelque chose d'émouvant… Or en dehors de sa famille, qui se réduisait à sa mère, personne ne l'émouvait. Il avait appris à rester insensible depuis très longtemps.

— Est-ce que votre téléphone fait souvent ça ? demanda Mary, interloquée.

Le portable de Costa était illuminé comme un arbre de Noël et il vibrait sur la table.

— Excusez-moi un instant.

Il se leva et répondit en s'éloignant.

— Bonsoir, Roula.

Elle le suivit des yeux tandis qu'il faisait signe au serveur avant de reprendre sa conversation. À présent qu'il était de dos, elle pouvait l'observer tranquillement… L'impression qu'elle avait eue la première fois qu'elle l'avait vu se vérifiait. Il était très grand. Mais s'il la fascinait à ce point ce n'était pas seulement à cause de sa taille. Ni de sa silhouette athlétique, mise en valeur par la coupe impeccable de son costume. Non, il y avait autre chose. Curieusement elle ne parvenait pas à identifier quoi. Sans doute était-ce l'assurance et la générosité avec lesquelles il avait pris la situation en main pour lui éviter une fin de soirée encore plus désastreuse que le début. Sa simple présence était d'un grand réconfort.

Mary détourna les yeux alors que Costa mettait fin à sa conversation et revenait vers leur table.

Pourquoi prolongeait-il la soirée ? Costa avait du mal à se l'expliquer mais il y avait quelque chose chez Mary qui lui donnait envie de… de l'aider, tout simplement. Et par chance, il était en position de le faire.

— Désolé pour cette interruption, dit-il en se rasseyant. Il ne m'arrive pas souvent de répondre au téléphone quand je suis avec quelqu'un. D'habitude je l'éteins.

Il s'empressa de le faire. Quand il accordait son attention à quelqu'un ce n'était jamais à moitié. Cependant, cet appel était important et il en avait passé un lui-même tout de suite après.

— Il n'y a pas de problème.

— Je voulais confirmer quelque chose avant de vous en parler. J'ai un travail à vous proposer.

Allons bon… Dire qu'elle se sentait rassurée ! L'angoisse qui avait fini par quitter Mary la submergea de nouveau.

— Non merci.

Elle prit son sac, mais avant qu'elle ait le temps de se lever il précisa :

— Il s'agit d'un emploi-formation.

— Vous voulez dire un vrai travail ?

— Oui. Vous m'avez entendu parler du centre de thalassothérapie à Anapliro, tout à l'heure ? Contrairement à ce qu'a dit Ridgemont, c'est un endroit magnifique. En général nous ne prenons pas de stagiaires au spa, mais il est toujours possible de trouver de la place aux gens motivés.

Elle plissa les yeux.

— Pour faire des massages ?

— Écoutez, je comprends que vous soyez suspicieuse, mais en l'occurrence vous n'avez aucune raison de l'être. Le centre est réputé dans le monde entier et il a obtenu plusieurs certifications. Soyez assurée qu'il n'y a pas d'arrière-pensées dans ma proposition. D'ailleurs, je suis très rarement sur place…

— Pour quelle raison ?

— Pardon ?

— Si l'endroit est si magnifique, pourquoi n'y êtes-vous que très rarement ?

Costa considéra Mary avec stupeur. N'avait-elle pas conscience que pour trouver du travail il y avait certaines erreurs à éviter pendant un entretien d'embauche ?

— Peu importe. Dites-moi plutôt si vous seriez prête à réfléchir à ma proposition.

Mary déglutit péniblement. Elle n'osait pas y penser… Parce que c'était trop tentant. Elle adorerait partir sur-le-champ à Anapliro. Mais même si elle éprouvait pour son père des sentiments contradictoires, une chose était certaine. Elle ne pouvait pas l'abandonner. C'était tout simplement impossible. Costa scrutait le visage de Mary. De toute évidence elle était partagée. Pourquoi ? Qu'est-ce qui la retenait ? D'accord, avoir imaginé qu'elle allait sauter sur l'occasion avec enthousiasme était peut-être présomptueux de sa part. Mais les emplois dans ses hôtels étaient très convoités. Alors qu'ici elle avait affaire à des types comme Ridgemont… Mais c'était peut-être ça le problème.

— Mary, si vous avez un casier judiciaire, dites-le-moi maintenant et…

— Non, je n'en ai pas ! coupa-t-elle d'un air outré.

— Très bien. Et donc ?

Qui l'avait déjà fait attendre avant de lui donner une réponse ? Costa réprima une moue de dérision. Personne…

— Voulez-vous que je demande à mes collaborateurs de prendre contact avec vous ?

— Ça ne sera pas nécessaire.

Mary serra les dents. Elle ne pleurait jamais. En tout cas, ça ne lui était plus jamais arrivé depuis les funérailles de sa mère. Pas question de flancher maintenant.

— Merci, mais non, insista-t-elle.

— Je suis désolé de l'entendre.

Certainement pas autant qu'elle ! Mary lança un regard noir à Costa. Un regard qu'elle ne comprit pas elle-même. Pourquoi était-elle aussi furieuse contre la seule personne qui lui avait tendu la main ? Sans doute parce que refuser sa proposition lui fendait le cœur… Pendant un instant elle se perdit dans les yeux gris argenté fixés sur elle. Il ne la jugeait pas. Il ne tentait pas non plus de la faire changer d'avis… Elle lut dans ses yeux qu'il acceptait sa colère silencieuse. Ses regrets. Des regrets qui ne concernaient pas seulement une offre d'emploi inespérée… Parce que son refus impliquait sans aucun doute la fin de ce moment privilégié avec lui. Ce fut soudain comme si le décor autour d'eux s'estompait. Comme si un projecteur était braqué sur lui, soulignant tous les détails qu'elle avait notés au cours de la soirée. L'éclat de ses yeux bien sûr, mais aussi ses tempes argentées, sa prestance, son aplomb imperturbable frôlant l'arrogance, sa générosité… Tout s'assemblait pour former une image saisissante. Il était là devant elle, comme pour la première fois. Costa Leventis. Oui, il était superbe. Oui, c'était l'homme le plus séduisant qu'elle avait jamais vu. Tout cela elle l'avait su dès le premier regard. Mais là, elle avait tout à coup une impression très étrange. Celle d'être seule au monde avec lui. C'était très déstabilisant.

— Il faut que j'y aille.

— Mary…

— Proposez-vous du travail à toutes les femmes avec qui sort Eric ? Merci pour le chocolat…

Elle prit son sac et se leva.

— Attendez un instant.

— Attendre quoi ? lança-t-elle d'un ton vif.

Il fallait éviter à tout prix qu'il se rende compte de ce qui lui arrivait.

— Il faut vraiment que j'y aille.

— Attendez, s'il vous plaît. Si j'ai interrompu notre conversation tout à l'heure c'était aussi pour une autre raison…

Costa jeta un coup d'œil vers le fond du bar, et elle suivit son regard avec perplexité. Le reste du monde réapparut comme au ralenti. Un serveur se dirigeait vers leur table… À cet instant, le pianiste se mit à jouer *Joyeux anniversaire* et tous les regards se tournèrent vers elle. Elle s'empourpra, assaillie par une vague de désir et persuadée que tout le monde le voyait. Elle se rassit alors que le serveur déposait devant elle une tranche de fraisier sur laquelle était plantée une bougie allumée. Sur l'assiette était écrit en chocolat :

JOYEUX 21E ANNIVERSAIRE, MARY.

Elle resta muette, la gorge nouée par l'émotion.

— Je crois que vous êtes censée souffler la bougie, murmura Costa.

— Oh… oui.

Elle inspira profondément.

— N'oubliez pas de faire un vœu.

Elle hocha la tête. Facile. Elle en avait un très urgent. *Que cet homme ne se doute surtout pas de l'effet qu'il me fait.*

Elle souffla la bougie avec application et regarda la mince volute de fumée s'élever dans l'air.

— Merci. Vous êtes la première personne à me souhaiter mon anniversaire… Je sais bien que ce n'est pas un drame, mais je n'ai même pas eu une carte ni un seul ballon… Mais après tout, aujourd'hui le vingt et unième anniversaire n'est plus aussi important qu'avant.

— Si seulement ! s'exclama Costa en roulant les yeux. Pour le mien il y a eu une grande fête. Avec un gâteau, ce que je n'apprécie pas vraiment. Et des tas de photos, ce que je déteste. Et en plus il a fallu que je fasse semblant d'être reconnaissant quand ma *yaya* m'a offert la montre de mon défunt grand-père.

— C'était pourtant gentil, non ?

— Mes grands-parents n'étaient pas des gens qu'on pouvait qualifier de gentils.

— Vous ne devriez pas dire du mal des morts.

— On n'apprend rien de la vie des gens si on les considère comme des saints. Et je suis toujours obligé de porter cette fichue montre quand je suis dans ma famille.

— Perdez-la. Allez à la plage avec et oubliez de l'enlever pour vous baigner.

Sans en avoir conscience, Mary fit quelque chose qu'elle n'avait plus fait depuis une éternité. Pour Costa elle arbora son sourire le plus éclatant.

— Vos conseils me plaisent bien, Mary Jones. Tenez…

Il piqua un morceau de gâteau avec sa fourchette et la lui tendit. Elle la prit et mangea le morceau.

— Mmm…

La génoise était moelleuse à souhait, la crème incroyablement onctueuse, et les fraises aussi parfumées que croquantes.

— C'est le gâteau le plus délicieux que j'aie jamais mangé.

— Vraiment ?

Tandis qu'il prenait l'autre fourchette pour goûter un morceau, elle ne put s'empêcher de le dévorer des yeux. Il était vraiment d'une beauté incroyable ! D'épais sourcils noirs qui mettaient en valeur ses splendides yeux gris, des pommettes hautes, une mâchoire énergique recouverte d'une barbe de deux ou trois jours. Quant à cette bouche… Elle regarda le morceau de gâteau disparaître dans la bouche pulpeuse, laissant une légère trace de crème sur la lèvre supérieure. *Au secours !* Elle n'avait jamais été aussi troublée par un homme… Troublée ? Non, excitée. C'était comme si son sang pétillait dans ses veines… Distraite par les frissons qui la parcouraient, Mary imita inconsciemment Costa quand il se lécha la lèvre du bout de la langue. Il reprit un morceau de gâteau, visiblement déconcerté.

— C'est vrai qu'il est bon.

— Vous semblez surpris.

— Oui. Je n'aime pas les sucreries d'habitude.

— Il faudra que je m'en souvienne pour une proch…

Mary se mordit la lèvre.

Costa leva vivement les yeux. L'anxieuse Mary se lançait dans le jeu de la séduction ? C'était bien la dernière chose à laquelle il s'attendait. Or il était très rare qu'il soit pris au dépourvu dans ce domaine. Il était expert en la matière, après tout… Soudain sur ses gardes, il étudia attentivement Mary. Le feu qui colorait ses joues était en train de se répandre dans son cou. Et il n'était pas dû à l'embarras. Ses pupilles dilatées le prouvaient… Il n'y avait pas de doute, elle était très excitée. Qui était donc cette femme ? En l'espace d'une heure il avait saboté un plan longuement mûri qui lui tenait particulièrement à cœur, il lui avait proposé un emploi, il lui avait commandé un gâteau d'anniversaire qu'il était allé jusqu'à partager avec elle… et il avait pratiquement acquis la certitude qu'elle était innocente comme l'agneau qui venait de naître. De toute évidence, il s'était laissé duper. Ce qui ne lui ressemblait pas du tout.

— Il est inutile d'encombrer votre mémoire, puisque nous ne nous reverrons pas.

— Bien sûr.

Il ne restait plus de gâteau et, cette fois, lorsqu'elle prit son sac, il ne l'arrêta pas. Malgré tout, il se leva.

— Je vous accompagne jusqu'à la sortie.

— Merci.

Elle semblait de nouveau embarrassée. Et il y avait tout de même un détail troublant. À moins d'être une excellente comédienne, elle n'avait pas fait allusion délibérément à une prochaine rencontre. Ça lui avait échappé. Et ça les avait décontenancés tous les deux… Oui, tous les deux. Pour sa part il était né séducteur et il mourrait séducteur. Il n'avait aucun doute à ce sujet. Cependant, ce soir il avait juste cherché à venir en aide à une femme qu'il avait sentie dépassée par la situation.

— Au revoir, Mary.

— Au revoir.

Au lieu de regagner le bar comme il en avait l'intention, il s'attarda dans le hall. Et il ne put s'empêcher de remarquer le manteau usé et le parapluie cassé qu'elle récupéra au vestiaire. Quand le portier lui demanda si elle voulait qu'il lui appelle un taxi, elle refusa d'un air gêné.

— Non, merci…

Elle lui avait dit qu'elle était arrivée en bus, se rappela-t-il. Nul doute qu'elle allait repartir par le même moyen. Et alors ? Ça ne le concernait pas. Il avait fait tout ce qu'il pouvait pour elle, mais elle lui avait signifié clairement qu'elle ne voulait pas de son aide. Alors qu'il était déterminé à la laisser se débrouiller, il s'entendit demander au portier :

— Pourriez-vous commander une voiture pour Mlle Jones, s'il vous plaît ?

— Bien sûr, monsieur.

— Ce n'est pas nécessaire, objecta Mary.

— Je vous ai invitée à boire un verre et je vous ai pour ainsi dire fait passer un entretien d'embauche. Il est naturel que je veille à ce que vous puissiez rentrer chez vous en toute sécurité.

— Je n'ai pas accepté l'emploi.

— Comme vous en avez le droit. Mais ce n'est pas une raison pour que je vous laisse prendre le bus.

— Eh bien, merci.

Ils sortirent dans la fraîcheur du soir. La pluie ne tombait plus mais le trottoir et la chaussée étaient encore luisants à cause des lumières qui se reflétaient sur les surfaces mouillées. Londres ne lui avait jamais paru aussi splendide, songea Mary. C'était comme si un grand nettoyage avait eu lieu. La terrible erreur de jugement qu'elle avait commise en acceptant de remplacer Coral au dîner avait été rattrapée. Et elle avait même eu droit à un anniversaire digne de ce nom !

— Au revoir, Mary, dit de nouveau Costa. C'était un plaisir de vous rencontrer.

Quel ton courtois… Allait-il lui serrer la main d'un air cérémonieux ?

— Je vous souhaite bonne chance dans la voie que vous choisirez, quelle qu'elle soit…

À présent il y avait une pointe de sarcasme dans sa voix… Mais rien d'étonnant à cela, vu qu'après lui avoir expliqué qu'elle se trouvait dans une situation difficile elle avait refusé une offre d'emploi inespérée.

— Costa, je suis très flattée par votre proposition. On ne m'en avait jamais fait d'aussi tentante. Mais… il se trouve que j'ai d'autres engagements…

— C'était juste une suggestion.

— Merci d'avoir pensé à moi. Et pour tout à l'heure…

— Il n'y a pas de problème, répondit Costa.

Mais il y en avait un : elle le faisait fondre. Pourquoi ? Il n'aurait pas su le dire. Ces yeux saphir exprimaient tant de choses secrètes. Impulsivement, il prit son visage entre ses mains.

— Ces autres engagements…

Le cœur de Mary se serra. Il la prenait toujours pour une

escort. Mais même si elle mourait d'envie de le détromper, il n'était pas question qu'elle lui parle de son père.

— Je n'ai pas envie d'en discuter.

— Très bien, mais s'il vous plaît soyez plus prudente à l'avenir.

— Je suis prudente.

Depuis la mort de sa mère, elle était d'une prudence maladive… Il aurait fallu lui expliquer que cette soirée était une aberration dans une vie par ailleurs très sage. Mais le contact de ses mains sur ses joues était si troublant… Elle était incapable de prononcer un seul mot.

— Je suis sérieux. Il y a beaucoup de serpents dangereux prêts à mordre. Croyez-moi, je le sais…

— Comment ?

— Parce que j'ai été obligé de travailler avec eux. À une époque j'en étais un moi-même.

Que voulait-il dire ? Mary frissonna. Elle avait envie d'en savoir plus. Elle avait envie que ce moment dure toujours. Que ses mains ne quittent plus ses joues… Que ses lèvres se posent sur les siennes…

Costa sentait sous ses doigts les frissons qui parcouraient Mary. Ces lèvres pulpeuses l'avaient fasciné quand elle avait soufflé sa bougie. Il avait terriblement envie de goûter sa bouche… Mais il ne fallait pas oublier les circonstances de leur rencontre. S'il l'embrassait elle risquait de mal le prendre. Il retira ses mains des joues brûlantes de Mary.

— Je retourne à l'intérieur.

Mais comment en rester là ? Impossible.

— Si je voulais vous joindre, je pense qu'il serait malvenu de demander vos coordonnées à Ridgemont.

Les yeux saphir s'écarquillèrent.

— En effet.

— Alors, quel est votre numéro ?

Il sortit son téléphone, prêt à pianoter.

— Je n'en ai pas, répondit Mary avec un sourire crispé.

Envisageait-il de louer ses « services » ? Il avait dit qu'il ne payait jamais pour avoir de la compagnie, mais comment en être sûre… ?

— Je pense qu'il vaut mieux en rester là, ajouta-t-elle.

Il remit son portable dans sa poche.

— Vous devez aller à votre soirée.

— Non, répliqua-t-il tandis qu'elle montait dans la voiture qu'il avait commandée pour elle. C'était juste pour me débarrasser de Ridgemont. Je rentre…

Il indiqua l'hôtel d'un mouvement du menton.

— Joyeux anniversaire, Mary.

Il ferma la portière de la voiture puis regarda celle-ci s'éloigner dans la nuit.

— Tout va bien, monsieur ? demanda le portier.

Il hocha la tête.

— Très bien.

À présent qu'elle était partie, il avait de nouveau les idées claires. Allons donc, pourquoi se mentir ? se dit-il aussitôt en rentrant dans l'hôtel. En réalité, cette soirée avait été un fiasco. Mary Jones ne l'avait pas seulement empêché d'exécuter un plan élaboré avec minutie depuis des années. Elle avait semé dans son esprit un trouble tout à fait inhabituel.

4.

Après avoir perturbé la soirée de Costa, Mary Jones perturba sa nuit. Bien qu'installé dans sa suite favorite de son hôtel préféré, il dormit très mal. Il finit par ouvrir les rideaux bien avant l'aube puis il se recoucha et regarda la pluie battre les carreaux. Mary se trouvait quelque part dans la ville… À la dérive. Ce mot l'avait profondément troublé. Il n'avait jamais fait l'expérience de ce sentiment. Que ce soit sur un bateau de pêche en pleine tempête ou sur une plage de Santorin pendant une nuit à la belle étoile, il ne s'était jamais senti perdu… Le mode « ne pas déranger » de son portable se désactiva automatiquement, et la sonnerie correspondant à sa mère retentit. À cette heure-ci ? Il était plus tôt en Angleterre qu'en Grèce, mais même à Anapliro c'était une heure indue pour un dimanche matin.

— Qui est-ce ? demanda sa mère d'un ton pressant.

— Qui donc ?

— Angela m'a posé la question quand elle m'a apporté mon petit déjeuner… On ne va parler que de toi au village aujourd'hui. Pauvre Roula…

— Qu'est-ce que Roula vient faire là ?

— Oh ! je t'en prie, Costa ! La façon dont tu regardes cette femme… Et bien sûr la photo circule partout sur Internet.

Sa mère lui envoya un lien et il jura à mi-voix. Mary et lui avaient été photographiés devant l'hôtel quand il tenait son visage entre ses mains. La photo laissait croire à un baiser qui en réalité n'avait pas eu lieu.

— Alors ? demanda sa mère.

— Alors rien, Yolanda.

Il appelait sa mère par son prénom depuis des années.

— J'imagine la tête de Nemo...

Nemo était le frère de Roula et le responsable sécurité du centre.

— Nous parlerons de ça plus tard.

— Tu peux bien me donner son nom. Tout le monde va me le demander. Bien sûr, si ce n'est pas sérieux...

— Bonne messe, coupa-t-il en entendant les cloches en fond sonore. Je te verrai à Athènes pour ton anniversaire.

— C'est justement à ce sujet que je t'appelle. Il y a eu une annulation pour le week-end prochain au centre... Le séminaire d'entreprise... Du coup j'ai décidé de fêter mes cinquante ans à Anapliro.

— Nous avions prévu de dîner ensemble à Athènes.

Il y avait si longtemps qu'il évitait d'aller à Anapliro...

— Oui, mais maintenant je veux le fêter ici.

Costa réprima un soupir. Il savait exactement ce que voulaient sa mère et la plupart des habitants de l'île. Que le fils prodigue revienne et que certains engagements antédiluviens soient respectés. Question de tradition et d'honneur... Tout ce qu'il fuyait.

— Je veux célébrer le long chemin que nous avons parcouru, poursuivit Yolanda. Je veux être entourée de mes amis et avoir mon fils à mon côté. Ici, à Anapliro.

5.

— Comment s'est passé ton anniversaire, Mary ?

Assise en face de son père, lors de sa visite hebdomadaire du lundi après-midi, Mary eut un pincement au cœur. Ces moments précieux en compagnie de Costa lui semblaient à des années-lumière…

— Bien, répondit-elle en se forçant à sourire.

— Qu'as-tu fait ?

Elle hésita. Impossible d'expliquer à son père ce qui s'était passé. Ni le rendez-vous cauchemardesque, ni l'offre d'emploi, ni le gâteau. Elle avait du mal à y croire elle-même. Devant son silence, son père n'insista pas.

— Et le travail ? Tu travailles toujours au salon ?

— Oui. Mais je cherche autre chose. Ce matin je suis allée à la bibliothèque et j'ai trouvé un guide pour la rédaction d'un CV.

— C'est bien. Mary, tu sais que ça me fait plaisir de te voir mais je ne veux pas te retenir…

— Papa, s'il te plaît, arrête.

Elle n'avait aucune envie de l'entendre répéter qu'il préférerait qu'elle ne vienne pas, parce qu'il détestait qu'elle le voie dans cet endroit. Il y eut un nouveau silence et il restait encore cinquante minutes avant la fin de la visite. Chacun savait à quoi pensait l'autre. Cette nuit fatidique.

— Je regrette tellement, Mary…

— Papa…

Elle se recroquevilla sur elle-même. Y penser était déjà très dur, mais en parler… ça, elle ne pouvait pas. Le silence s'installa de nouveau. Et tandis qu'elle observait son père devenu frêle au fil des années, elle revécut malgré elle en pensée chaque instant de cette nuit-là.

Sa grand-mère était venue la garder parce que ses parents devaient sortir. Elle avait fait une bêtise une fois de plus et pour sa punition elle devait se coucher tôt sans manger de bonbons.

— Pas de bonbons ! s'était exclamée mamie Farrell d'un air consterné. Pourquoi ?

— Parce qu'il faut qu'elle apprenne, avait répondu son père.

Il s'était accroupi à côté d'elle et il avait pris ses poings serrés dans ses mains.

— Mary, ce que tu as fait était très dangereux…

Il s'était tourné vers sa mère.

— Il vaudrait peut-être mieux que nous restions.

— Nous ne serons pas absents longtemps, avait répondu sa mère en prenant les clés de voiture. Nous allons juste faire une courte apparition.

— Mais Mary est perturbée.

— Justement, elle a besoin d'une soirée avec mamie. Viens, chéri, nous allons être en retard.

Il y avait eu le frou-frou de la robe de sa mère quand elle avait traversé la pièce, son parfum familier quand elle s'était penchée sur elle pour embrasser ses joues ruisselant de larmes.

— Il y a des bonbons, avait murmuré sa mère en la serrant dans ses bras. Laisse mamie les trouver. Je t'aime, ma chérie.

Quatorze ans après elle sentait encore les bras de sa mère autour d'elle, son parfum fleuri, sa tendresse. Tout ce dont elle était désormais privée pour toujours.

Lorsque la fin de la visite arriva ce fut un soulagement. Dehors sous la pluie tout était gris. Sur le chemin du retour, pas la moindre trace du printemps. Elle n'avait qu'une envie. Prendre une douche pour effacer l'odeur de la prison. Et aussi pleurer comme elle ne l'avait plus jamais fait depuis l'enterrement de sa mère. Sauf que si elle laissait couler ses larmes elle craignait de ne plus jamais pouvoir les arrêter. Elle en voulait toujours à son père, mais comment pourrait-elle le lui dire ? Ça n'avancerait à rien. Il était dépressif, il s'en voulait lui aussi pour l'accident il n'avait fait que dégringoler la pente depuis. Comme elle aimerait se retrouver dans le bar de cet hôtel pour boire du chocolat et parler ! Être écoutée. Costa avait pris le temps de considérer sa situation, et il lui avait proposé du travail. Pendant quelques heures, contrairement à son habitude, elle avait eu le sentiment d'être vue.

À l'instant même où cette pensée lui traversait l'esprit, Mary pria tout à coup pour devenir invisible, au contraire. Costa Leventis devant le salon ? Il venait de descendre d'une limousine semblable à celle qu'il avait commandée pour elle l'autre soir. Elle se sentait horriblement mal avec ses épais collants noirs, son pull ample et sa jupe en jean. Le tout trempé, bien sûr ! De son côté Costa était superbe dans un long manteau noir impeccablement coupé. Et une barbe de trois jours apportait à son allure une touche de désinvolture irrésistible.

— Que faites-vous ici ?

— J'ai pris rendez-vous pour une coupe et un rasage.

— Nous sommes fermés le lundi, dit-elle en sortant ses clés.

— Alors comment se fait-il que vous travailliez ?

— Je suis juste venue m'avancer un peu pendant que c'est calme.

Pas question d'expliquer qu'elle habitait là !

— Maintenant, si vous voulez bien m'excuser il faut que je m'y mette.

— J'ai une proposition à vous faire.

— J'ai dit non.

— Une proposition différente.

— Non, merci ! lança-t-elle d'un ton vif.

L'idée qu'il la prenait pour une escort était insupportable ! Mais malgré son irritation elle n'ouvrit pas la porte. Comment résister à l'envie de s'attarder un instant ? Pour le plaisir des yeux…

— C'est une proposition sérieuse. Si ça vous ennuie de me faire entrer dans le salon, il n'y a pas de problème. Mais pourrions-nous au moins aller dans un endroit plus propice à la conversation ? Je n'ai pas beaucoup de temps…

Elle réprima un soupir. Il faudrait refuser et en rester là. Mais elle était trop heureuse de le revoir. Et très curieuse de savoir ce qu'il avait à lui dire.

— Très bien, dit-elle en déverrouillant la porte. Mais juste un moment…

En franchissant le seuil du salon, Costa promena autour de lui un regard effaré. Il avait rarement vu un endroit aussi miteux. Le décor était d'aussi mauvais goût que le bruit strident du carillon de la porte. Mary n'était pas du tout à sa place ici.

— Puis-je m'asseoir ?

— Je vous en prie.

Costa détonnait dans le salon, songea Mary tandis qu'il s'installait dans un fauteuil. Il avait trop de classe. Facile d'imaginer l'excitation des coiffeuses s'il faisait son apparition un jour d'ouverture…

— S'il vous plaît, ne prenez pas l'habitude de venir ici. Je ne pense pas que ma patronne apprécierait que j'aie des amis qui passent à l'improviste.

— Je suis heureux que vous me considériez comme un ami.

— Je voulais dire…

— Je sais ce que vous vouliez dire. Ne vous inquiétez pas. C'est la première et dernière fois que je viens.

Voilà qui était clair ! Elle avait intérêt à bien écouter, parce que cette proposition ne serait pas renouvelée. Elle resta debout, et Costa fit pivoter le fauteuil en similicuir pour lui faire face. Les pans de son manteau s'écartèrent, révélant un costume noir, une chemise d'une blancheur éclatante et une cravate gris acier. Cet homme était décidément sublime.

— Vous avez fait sensation sur les réseaux sociaux ces derniers jours. Je suppose que vous avez vu les commentaires ?

— Quels commentaires ?

— Tout le monde demande qui vous êtes. Une photo de nous devant l'hôtel circule sur Internet. Vous ne l'avez pas vue ?

— Je n'ai pas de portable. Je vous l'ai dit.

Elle n'avait vraiment pas de portable ? Costa considéra Mary avec perplexité. Les bras croisés, elle attendait qu'il poursuive. Et il était manifeste qu'elle risquait de le mettre à la porte à tout instant. Cette femme était une énigme. Elle parlait bien, elle était intelligente, et pourtant elle ne parvenait pas à obtenir un contrat d'apprentissage. Elle était sur ses gardes en permanence… Pourtant, la nature de son deuxième « métier » prouvait qu'elle avait également l'esprit aventureux.

— C'est vrai. Mais venons-en au fait. Je suis ici parce que je viens d'apprendre que je dois retourner à Anapliro ce week-end pour le cinquantième anniversaire de ma mère.

— Cinquantième ! Ça alors, elle a dû vous avoir très…

D'un haussement de sourcil, il interrompit Mary. Il n'avait pas besoin d'entendre les commentaires habituels sur l'âge auquel sa mère lui avait donné le jour.

— Yolanda a décidé au dernier moment qu'elle voulait célébrer l'événement en organisant une fête, et bien sûr elle tient à ma présence.

En l'entendant appeler sa mère par son prénom, Mary avait plissé le front, nota-t-il.

— Après réflexion, j'ai décidé qu'il valait mieux que j'y aille accompagné. Il y a une ex-fiancée là-bas, si on peut dire. Mon retour risque de faire naître de fausses espérances. Pas seulement chez ma mère mais chez les habitants de l'île. Ils veulent tous se mêler de ma vie, et moi je veux qu'ils me laissent tranquille. Si je vous amène à la fête, ça les calmera au moins pendant quelque temps.

— Vous n'avez pas une maîtresse que vous pourriez emmener ?

— Une qui ne risquerait pas de se faire des illusions ? Non. Alors qu'avec vous le problème ne se pose pas, puisque nous n'avons pas de relation amoureuse.

Mary réprima un soupir. En réalité, depuis qu'ils s'étaient séparés samedi soir, elle rêvait sans cesse d'aventures romanesques avec lui… Mais pas question de l'avouer !

— Vous seriez bien rémunérée.

— Je croyais que vous ne payiez jamais pour la compagnie d'une femme ?

— En effet. Mais là ça n'a rien à voir.

— Pour quelle raison ?

— Parce que vous êtes… différente.

Elle eut un pincement au cœur. C'était exactement ce que les gens disaient derrière son dos… Certains le lui disaient même en face. Mais il était vrai que Costa n'employait pas le même ton dédaigneux. Était-ce sa voix profonde qui faisait sonner cette affirmation comme un compliment ?

— Différente ?

— Oui, et de manière très plaisante, je dois dire. Et puis en raison de la photo qui circule sur Internet, on ne parle déjà que de vous à Anapliro, dit-il en lui tendant son téléphone.

Elle regarda la photo sans rien dire.

— Votre visage n'est pas très distinct, vous n'avez pas à vous inquiéter, ajouta-t-il.

Mary n'était pas inquiète. Elle était muette de saisissement. Le regard dont Costa l'enveloppait… C'était sans doute un effet d'optique dû à la lumière. Ou bien à l'angle de prise de vue. Ils semblaient si intimes…

— C'est impossible, dit-elle d'une voix rauque en lui rendant son portable. Si je m'absentais en prévenant aussi peu de temps à l'avance, je serais renvoyée. Tout le monde ne peut pas tout laisser tomber du jour au lendemain pour sauter dans un *jet* privé.

— Désolé de vous décevoir, mais je ne suis pas pour les *jets* privés. Vous prendriez un vol commercial. Et si votre patronne est prête à vous licencier uniquement parce que vous avez une vie en dehors du salon, il me semble que vous avez plutôt intérêt à accepter cette proposition.

Après une pause il ajouta :

— J'ai réfléchi à ce que vous m'avez dit à propos de votre impression d'être à la dérive. Je comprends que vous ne souhaitiez pas partir en Grèce pour y travailler durablement. Mais ce week-end à Anapliro pourrait être l'occasion d'un nouveau départ pour vous.

Il expliqua que sa garde-robe et son voyage seraient « naturellement » pris en charge. Et quand il lui précisa le montant de sa rémunération, elle ouvrit de grands yeux.

— Insuffisant ? demanda-t-il, visiblement persuadé que c'était une tactique de négociation.

— Pas du tout. Ça changerait ma vie.

Une telle somme lui permettrait de payer un loyer avant d'avoir trouvé un nouvel emploi. Elle pourrait quitter cet endroit miteux, et commencer à respirer pour la première fois de sa vie d'adulte. Cependant…

— Vous m'avez vous-même conseillé d'être plus prudente, rappela-t-elle. Comment être sûre que je ne m'exposerais pas à de nouveaux ennuis ?

— Je peux faire rédiger un contrat en bonne et due forme, si vous voulez.

— Comme si ça pouvait me rassurer ! Je suis sûre que vous avez une armée d'avocats à votre disposition.

— C'est vrai, mais je vous assure que ce marché sera avantageux pour chacun de nous.

— J'imagine que vous aviez donné la même assurance à Eric Ridgemont. Lui avez-vous annoncé que vous avez prévu de révoquer le contrat que vous aviez passé avec lui ?

— Ça ne vous regarde pas.

— Justement si.

Mary vit la mâchoire de Costa se crisper. De toute évidence il n'appréciait pas qu'elle le contredise, mais curieusement elle ne pouvait pas s'en empêcher.

— Un gentleman n'est-il pas censé tenir ses engagements ? L'autre soir j'ai eu la nette impression qu'Eric était sur le point d'éprouver une cruelle déception.

— Oubliez ça.

Costa se leva. Bon sang, il avait l'impression qu'elle avait planté les dents dans son talon d'Achille !

— C'était juste une suggestion. Merci de m'avoir accordé quelques instants.

Mais alors qu'il avait décidé de s'en aller sans un mot de plus, il se retourna vers Mary.

— Je viens juste de voir Ridgemont et je lui ai parlé. D'ordinaire je ne reviens pas sur ma parole, mais en l'occurrence j'ai mes raisons.

Il fit une pause. Elle avait raison d'exprimer ses doutes et il admirait son courage. Malgré tout…

— Je n'ai jamais parlé de ça à personne, dit-il.

— Nous avons tous nos secrets.

Il rencontra ses yeux saphir. Elle attendait visiblement qu'il lui fasse confiance. Pourquoi ne pas essayer ?

— Vous aviez raison de penser que Ridgemont et moi nous nous connaissons depuis plus de quinze ans.

Il fit une nouvelle pause. Parler de ce passé sordide était vraiment une épreuve…

— Ce que vous ne savez pas, et lui non plus, c'est qu'il a piétiné ma mère.

— C'est-à-dire ?

— Je travaillais dans une marina à l'époque. Ma mère aussi, et elle a eu une attaque. Elle est atteinte de sclérose en plaques, et c'était la première fois qu'elle perdait la vue. C'était temporaire, mais à l'époque elle l'ignorait. Elle s'est effondrée sur le sol, terrorisée. Ridgemont s'est contenté d'enjamber son corps. Il l'a littéralement enjambée. J'ai crié pour demander de l'eau mais il ne s'est même pas retourné. Ses amis et lui sont montés sur leur yacht en riant. À bord il y avait un médecin et un hélicoptère, mais ils l'ont laissée là, par terre, sans rien faire pour lui venir en aide. Au bout d'un moment, comme les secours n'arrivaient pas ils ont demandé à la sécurité de l'enlever de là parce que leurs invités arrivaient. Elle faisait tache dans le décor, je suppose. Depuis ce jour, je le hais.

— Et pourtant vous faites des affaires avec lui ?

— Oui. Ou plutôt j'en faisais jusqu'à cet après-midi. Des tas d'affaires sont conclues sur ces yachts. J'ai appris à jouer double jeu comme lui, dans le seul but de le battre un jour. Depuis le début j'avais prévu de couper les ponts. Et l'autre soir je me réjouissais à l'avance de cesser enfin toutes relations avec lui. Mais si je l'avais fait, chère Mary, je vous aurais laissée seule en sa compagnie.

Mary hocha la tête. Elle comprenait mieux la situation mais elle mourait d'envie d'en savoir davantage. Cependant, Costa n'avait manifestement pas l'intention d'en dire plus.

— Nous passerions juste un week-end à Anapliro. Vendredi nous nous retrouverions à Thira pour nous occuper de votre garde-robe et échanger les informations nécessaires pour rendre crédible notre histoire.

— Thira ?

— La capitale de Santorin. Vendredi soir nous prendrions l'avion pour Anapliro et nous rendrions une brève visite à ma mère. Samedi, vous auriez quartier libre jusqu'à la soirée d'anniversaire. Dimanche, je passerais la journée avec ma mère et il ne serait pas nécessaire que vous nous accompagniez.

— Et si j'en ai envie ?

Costa émit un petit rire, visiblement convaincu qu'elle plaisantait.

— Vous seriez libre toute la journée. Le soir nous prendrions l'avion pour Athènes, et de là vous reviendriez à Londres.

Mary eut un pincement au cœur. Il présentait les choses avec le plus grand naturel, mais le rôle qu'elle jouerait était bel et bien celui d'une escort payée. Quelle ironie ! S'il savait à quel point elle était inexpérimentée !

— Écoutez, je sais que vous devez penser que…

Elle chercha ses mots, les joues en feu.

— Je suis conscient que vous voulez changer de vie, dit-il d'un ton bienveillant. Et je ne vous engage que pour jouer la comédie. Il faut que nous donnions en public l'image d'un couple amoureux. Le fait qu'il y ait de l'attirance entre nous rendra les choses plus crédibles…

— De l'attirance ?

Dire qu'elle faisait des efforts pour le cacher !

Costa considéra Mary avec perplexité. Pourquoi cette mine ahurie ? Leur attirance mutuelle ne faisait aucun doute.

— Ne prenez pas cet air surpris. Je vous trouve belle, et il est évident que nous sommes attirés l'un par l'autre. Il suffit de regarder cette photo !

Mary resta clouée sur place. Pas question d'acquiescer. Mais, en même temps, impossible de nier. Et elle n'avait pas besoin de regarder la photo pour savoir qu'il avait failli se passer quelque chose entre eux l'autre soir. La tentation n'avait d'ailleurs pas disparu. Costa ne quittait pas son visage des yeux, et son regard faisait jaillir des petites étincelles dans tout son corps. Elle avait l'impression que son sang pétillait dans ses veines.

— Cependant, le sexe ne fait pas partie des choses que j'attends de vous et pour lesquelles je compte vous payer, précisa-t-il.

Oh ! Le sang de Mary cessa instantanément de pétiller.

— Vous n'avez aucune inquiétude à avoir de ce côté insista-t-il. Bien sûr, nous devrons danser ensemble au cours de la soirée, et nous embrasser de temps en temps pour donner le change. Mais rien de plus.

— Pas de sexe ?

Costa plongea son regard dans celui de Mary, et elle eut l'impression d'être soudain mise à nu. Pas seulement dépouillée de ses vêtements. Transparente. Comme s'il pouvait voir le désir qui faisait rage en elle.

— Ça dépend.

— Je ne comprends pas…

— Quand nous n'aurons pas de spectateurs, je ne vous toucherai pas.

Il fit une pause avant d'ajouter :

— Sauf si vous en avez envie.

— Et si je n'en ai pas envie ?

— Dans ma villa il y a une suite réservée aux invités. Vous vous y installerez.

— Et si… ?

Elle fut prise de vertige. S'apprêtait-elle vraiment à dire ce qu'elle avait en tête ?

— Et si j'en ai envie ?

— Il vous suffira de me rejoindre dans ma chambre. Ce sera à vous de prendre l'initiative.

Elle déglutit péniblement. Jamais elle ne serait assez intrépide pour ça ! Quoique…

— D'autres questions ? demanda Costa avec une pointe d'ironie.

En principe, louer les services d'une escort ne devrait pas être aussi compliqué. En tout cas, il avait fait de son mieux pour la mettre à l'aise. Et à présent il fallait vraiment qu'il s'en aille.

— Vous prendrez l'avion tôt vendredi matin. Je peux vous réserver une chambre dans un hôtel près de l'aéroport, si vous voulez.

— Nous ne voyagerons pas ensemble ?

— Non, ce n'est pas prévu. J'ai plusieurs déplacements d'ici ce week-end. Je prends l'avion tout à l'heure. D'ailleurs, je suis très en retard…

— Mais vous aviez dit que vous resteriez à Londres toute la semaine.

— Mary, puisque nous devons nous mettre d'accord sur une histoire commune, la première chose que vous devez savoir à mon sujet c'est que je n'organise jamais mon emploi du temps en fonction des autres, quels qu'ils soient.

— Eh bien, je la plains, dit Mary dans son dos tandis qu'il ouvrait la porte et grinçait des dents en entendant le carillon.

— Qui donc ?

— Votre véritable compagne.

Il se retourna.

— Il n'y en a pas et il n'y en aura jamais.

— Jamais ?

— Jamais.

Mieux valait faire en sorte d'éviter tout malentendu dès le départ, décida-t-il en refermant la porte et en maudissant de nouveau le carillon.

— Il est bien clair pour vous que ce week-end n'est qu'un arrangement temporaire, n'est-ce pas ?

— C'est juste que… Je suis curieuse, c'est tout. Vous ne voulez vraiment personne dans votre vie ?

— Non. Mon principal objectif dans la vie c'est de n'être redevable à personne.

— Waouh ! Ça paraît bien plus confortable que d'être à la dérive. Il faudrait peut-être que j'essaie.

— Vous devriez, oui. Il y a un adage grec qui dit *« gia*

parti mou ». C'est ma soirée. Ce qui signifie qu'on prend soin de soi et qu'on pense à soi d'abord. Très judicieux. Je le recommande.

— J'en prends note.

Cette fois ce fut Mary qui ouvrit la porte, faisant retentir le carillon pour la troisième fois en deux minutes.

— Essayez ! lança-t-il tandis que son chauffeur bondissait de la voiture pour lui ouvrir la portière.

Mais au moment de franchir le seuil il s'immobilisa. Les cheveux de Mary étaient presque secs et tout ébouriffés. Comme ils pourraient l'être sur son oreiller… Si elle venait le rejoindre dans sa chambre. Il ne parvenait toujours pas à la déchiffrer. L'autre soir il l'avait vue à la fois les yeux étincelant de désir et prête à partir en courant quand elle avait cru qu'il voulait coucher avec elle. Or pendant ce week-end à Anapliro, il vaudrait mieux éviter les signaux contradictoires.

— Nous devrions peut-être essayer un ou deux baisers d'entraînement, suggéra-t-il. Juste pour être sûrs que vous n'allez pas me faire un Ridgemont…

— Un Ridgemont ?

— L'autre soir vous avez eu un mouvement de recul quand il vous a touchée. Nous ne pouvons pas prendre le risque que ça se produise avec moi ce week-end.

— Quand il m'a embrassée à table, vous voulez dire ?

— Ce n'était pas un baiser. C'était une goujaterie.

À ce souvenir, Mary déglutit péniblement. Étant donné qu'elle n'avait aucun point de référence, il était réconfortant d'avoir la confirmation que sa réaction instinctive avait été justifiée…

— Que faites-vous ? s'exclama-t-elle alors que Costa tirait d'un coup sec sur le carillon qui se fracassa contre le sol.

— Il est tombé, répliqua-t-il avec le plus grand naturel. Et vous devriez dire à votre patronne qu'elle a de la chance qu'un client ne se soit pas trouvé dessous au moment où c'est arrivé.

Il referma la porte dans un silence divin. Pour la deuxième fois en quelques jours il prit le visage de Mary entre ses mains.

— Je ne détecte aucun mouvement de recul, commenta-t-il de sa voix profonde.

Puis il posa les lèvres à l'endroit précis, très précis, où l'odieux Eric l'avait embrassée. Mary ferma les yeux. C'était comme si d'un coup de baguette magique une fée venait d'annuler le baiser visqueux. Il n'avait jamais existé. Le premier baiser qu'elle recevait depuis son enfance, c'était celui des lèvres veloutées de Costa.

— Voulez-vous que j'aille chercher une serviette pour que vous puissiez vous essuyer ?

Elle sourit. Il avait donc remarqué qu'elle l'avait fait discrètement l'autre soir…

— C'est inutile.

La bouche de Costa glissa vers la sienne, et elle se corrigea. Non, son premier baiser c'était celui-ci.

Les lèvres de Costa étaient si douces, si légères sur les siennes… C'était comme la caresse d'une plume. À la fois apaisante et excitante. Elle entrouvrit les lèvres dans un soupir et la langue de Costa se glissa dans sa bouche. Électrisée, elle laissa échapper un petit gémissement. Puis elle savoura ce baiser langoureux, assaillie par des sensations délicieuses. Quand la bouche de Costa quitta la sienne, elle faillit protester.

— Je pense que nous n'aurons pas de problèmes, dit-il d'un ton neutre suggérant qu'elle était la seule à être troublée.

— Je n'ai pas encore dit oui.

— Mais vous y pensez.

Oh ! oui !

— Il faut vraiment que j'y aille.

Tant mieux. Parce que de son côté, il fallait qu'elle réfléchisse. Et tant qu'il était là, elle en était incapable !

— À vendredi, à Thira, ajouta-t-il.

Alors qu'elle ouvrait la bouche pour lui rappeler qu'elle n'avait pas encore pris sa décision, il la devança.

— Ou pas. C'est à vous de voir.

6.

Mary ne s'attendait pas à ce que Costa l'accueille à l'aéroport de Santorin avec un bouquet de fleurs et des ballons. Cependant, elle s'attendait encore moins à voir une femme superbe, enceinte et visiblement agacée brandir une pancarte portant son nom.

— Je suis Mary, déclara-t-elle en s'efforçant de masquer sa déception.

— Je m'en doutais.

La jeune femme ne prit même pas la peine de sourire et jeta un regard dédaigneux au vieux sac à dos de Mary.

— Je suis Kristina. L'assistante de Galen.

— Galen ?

— Peu importe…, éluda-t-elle en balayant la question d'un revers de la main. Il y a eu un changement de programme. Costa avait oublié que vous veniez et il m'a prévenue au dernier moment. Ce type est d'une arrogance !

Son enfance difficile et plusieurs arrivées tard le soir dans des familles d'accueil successives avaient appris à Mary à ne jamais s'attendre à un accueil chaleureux. Malgré tout, après avoir pris une des décisions les plus difficiles de sa vie – qui lui avait coûté son emploi et son logement – s'entendre dire que Costa l'avait oubliée était déprimant au plus haut point.

— Oh ! et il faut que vous me donniez vos coordonnées bancaires, ajouta Kristina. J'effectuerai un virement dans la matinée.

Là, Costa dépassait les bornes ! Mortifiée, Mary se surprit

à avoir des envies de meurtre. Elle se contenta d'expliquer que l'idée de fournir des informations aussi personnelles ne lui plaisait pas.

— Nous ne nous sommes jamais vues. Comment puis-je être sûre que ce n'est pas une arnaque ?

Kristina s'esclaffa.

— Vous avez peur que Costa Leventis vide votre compte en banque ?

Une humiliation de plus… Mary était si abattue que même le soleil éclatant qui brillait sur la marina de Santorin ne la réconforta pas. Quant au programme de la journée détaillé par Kristina, il la laissa de marbre.

— Leo va s'occuper de votre garde-robe.

— Leo ?

— Leo Arati.

Mary avait entendu parler de ce styliste. Il habillait les people dont les photos s'étalaient dans les magazines du salon, qu'elle lisait le soir. Mais même la perspective de bénéficier des conseils d'une telle icône ne parvint pas à la réjouir.

— D'abord, allons à l'institut de beauté, déclara Kristina.

— Je croyais qu'il y en avait un à Anapliro.

— Vous avez besoin d'un changement de look complet avant d'arriver là-bas.

Mary eut un pincement au cœur. La franchise brutale de Kristina était vraiment blessante…

À l'institut, l'humiliation s'accrut lorsque celle-ci et les esthéticiennes discutèrent devant elle de tout ce qu'il y avait à faire pour la rendre présentable. Elle fut emmenée en cabine pour un gommage et une épilation complète – « mais non, pas là », refusa-t-elle catégoriquement quand il fut question d'éliminer ses poils pubiens. Quand arriva le moment de son tout premier massage du cuir chevelu avec une lotion tonifiante, elle n'en avait même plus envie. Franchement, même Coral était plus gentille. Masquant son dépit, Mary resta silencieuse pendant la coupe et le brushing qui suivirent. Après avoir cependant mis son veto à une teinture.

De la bienveillance elle en trouva contre toute attente chez Leo Arati. Encore plus petit qu'elle, il arborait un crâne chauve du plus bel effet et d'énormes boucles d'oreilles en argent. Lorsqu'elle entra dans son studio il voulut la serrer dans ses bras, mais elle était tellement raide et sur la défensive qu'il n'insista pas.

Kristina lui parla en grec mais il ne l'écoutait pas.

— *Adio*, lança-t-il d'un ton sec.

Puis il roula les yeux dès qu'elle eut refermé la porte derrière elle.

— Elle me tue ! Elle voudrait expliquer à Leo Arati comment vous habiller.

Il prit un rouleau de tissu et le tint à côté de Mary.

— Costa est impossible.

— Oui.

— Mais…

Leo haussa les épaules.

—… dès qu'il sourit on lui pardonne tout.

Pas moi. Mais mieux valait le garder pour elle, décida-t-elle.

Leo continua de faire de son mieux pour la mettre à l'aise en bavardant avec animation.

— Vous avez vu ce beau soleil ! Ça va durer toute la semaine.

— Ce n'est pas toujours comme ça ?

— Pas à cette époque de l'année. Vous nagez ?

— Non…

— Alors ce maillot… ?

Il montra un deux-pièces minuscule.

— Oh ! non ! Je ne peux pas mettre ça !

— Bien sûr que si !

Il insista pour qu'elle l'essaie, mais lorsqu'elle se regarda dans la glace d'un air consterné il lui en tendit un autre, un peu moins minuscule. Puis il lui montra comment porter un paréo par-dessus, et elle se sentit un peu mieux.

Au fur et à mesure qu'elle essayait les vêtements, Leo marquait les retouches avec des épingles, et son assistant les effectuait.

— Parfait, dit Leo en vérifiant les modifications apportées à une robe de soirée or pâle. Vous allez les tuer.

Devait-elle prendre ça pour un compliment ? Étant donné qu'il avait dit la même chose de Kristina, ce n'était pas sûr… Mais cette robe était tellement somptueuse qu'elle allait faire comme si c'en était un, décida Mary en s'observant dans la psyché. Au fil des commentaires de Leo, elle en apprit davantage sur le week-end.

— Yolanda…, dit-il, la bouche pleine d'épingles. Toujours très dynamique. Et Roula…

Il poussa un soupir théâtral.

— Pauvre Roula.

Mary plissa le front. Roula ? Elle avait entendu Costa prononcer ce nom au téléphone.

— Pourquoi « pauvre Roula » ?

Au lieu de répondre, Leo lui dévoila en avant-première sa collection été de dessous ultra-chics.

— Regardez ça, dit-il en brandissant une parure somptueuse en soie violette.

Houlà ! Beaucoup trop sexy pour elle ! Mais après tout…

— Ce modèle fait partie d'une ancienne collection qui date de mes débuts, précisa Leo. Il y a très longtemps. Costa était mon mannequin, à l'époque.

— Costa ? Je ne l'imagine pas en train de défiler sur un podium !

— Défiler ? Non. J'avais abandonné l'école de stylisme. Mais Costa a le don de tout transformer en or. Alors je payais ses notes de bar et en échange il portait mes vêtements dans tout Santorin. Puis à Mykonos, et ensuite…

Leo s'interrompit, à la grande frustration de Mary. Elle

aurait tellement aimé en savoir davantage… Mais la robe sélectionnée pour cette journée était prête. Elle l'enfila, puis pendant qu'il l'aidait à remonter la fermeture Éclair cachée, elle demanda :

— Et ensuite ?

Il eut un sourire entendu mais ne répondit pas.

— Regardez-vous !

Elle se tourna vers le miroir. La robe droite vert menthe était d'une élégance suprême avec sa coupe sobre et ses coutures apparentes en fil doré très pâle. Des ballerines en cuir souple beurre frais complétaient la tenue.

Leo eut un sourire éclatant.

— Vous allez les tuer.

— Oui elle va les tuer, c'est certain…

La voix profonde fit bondir le cœur de Mary. S'efforçant d'ignorer la chaleur qui l'envahissait, elle leva les yeux. Et les écarquilla. Costa était à la fois sublime et pas beau à voir. Le visage meurtri, la mine sombre, les cheveux en bataille… Que lui était-il arrivé ?

— Que s'est-il passé ? demanda-t-elle tandis qu'un million d'hypothèses tournoyaient dans son esprit.

— Il y en a encore pour longtemps, Leo ? demanda-t-il au lieu de répondre.

— C'est terminé, annonça Leo en souriant.

Costa le remercia en grec. Leo, qui avait été si aimable avec elle, répliqua d'un ton vif.

— Leo est attendu à une réception, expliqua Costa en prenant la valise à roulettes toute neuve de Mary.

Tandis qu'ils marchaient en silence, elle l'observa à la dérobée. Si elle était en colère, de son côté il semblait épuisé… Elle fut confortée dans son opinion lorsqu'il ferma les yeux dès qu'ils s'assirent dans une taverne. Il ne les ouvrit même pas pour parler au serveur et se contenta de hocher la tête en réponse à ce qui lui était proposé.

De l'alcool sans doute, songea-t-elle quelques minutes

plus tard quand le serveur revint avec deux verres et une bouteille. Quand il voulut la servir, Mary refusa. Ce qui arracha Costa à son demi-sommeil.

— Que voulez-vous boire ?

— Rien, répondit-elle avec une moue boudeuse.

Il renvoya le serveur d'un signe de tête, prit la carafe posée sur la table et rajouta de l'eau dans son verre. La liqueur transparente qui s'y trouvait devint blanche.

— Voulez-vous quand même commander quelque chose avant que je vous présente des excuses ? Je préférerais le faire sans être dérangé par le serveur.

— Un chocolat froid.

— Bien.

Il passa la commande puis il but une gorgée.

— C'est du Pernod ? demanda Mary.

Elle avait entendu dire que c'était un alcool qui devenait trouble quand on y ajoutait de l'eau.

— De l'ouzo. Vous voulez goûter ?

Il poussa son verre vers elle et elle frissonna. Il ne voyait aucun inconvénient à partager son verre. Un détail insignifiant pour lui. Une grande première pour elle.

— Non, merci.

— Je suis désolé de ne pas être venu vous accueillir à l'aéroport. J'ai été retenu et j'ai été obligé d'appeler Kristina pour lui demander d'aller vous chercher.

— Vous lui avez également demandé de prendre mes coordonnées bancaires. Quelle délicatesse ! ironisa-t-elle.

Décidément, Costa Leventis avait le don de la hérisser. D'ordinaire elle ne parlait jamais sur ce ton. À personne.

Le serveur arriva avec son chocolat et Costa attendit qu'il soit reparti pour répondre. Il était rare qu'il éprouve le besoin de se justifier, mais là il estimait qu'il devait au moins une explication partielle à Mary.

— Je lui ai demandé de prendre vos coordonnées au

cas où je ne pourrais pas me libérer assez tôt pour vous retrouver chez Leo.

Il avait voulu que la question de l'argent soit réglée le plus tôt possible. Pour avoir un sujet de préoccupation en moins. Parce que, en ce qui concernait Mary, il avait un peu mauvaise conscience.

— Je ne voulais pas que vous risquiez d'être à court ou de vous sentir piégée.

— J'ai une réserve d'argent dans laquelle puiser en cas d'imprévu. Et un billet de retour *open*, ajouta-t-elle d'un ton lourd de sous-entendus. Mais après m'avoir traitée de haut, Kristina m'a emmenée dans un institut de beauté puis chez Leo.

— Je vois.

Il n'avait encore fait aucun commentaire sur sa tenue et sa coiffure, se dit-il avec une pointe de remords. Ça s'imposait d'autant plus qu'elle était superbe.

— Vous êtes très belle, au fait.

« Au fait ? » Mary laissa échapper un petit rire amer. Cette réaction devant son changement de look était pour le moins décevante… Apparemment, la série d'humiliations qu'elle subissait depuis son arrivée à Santorin n'était pas terminée.

— Je suis donc digne de Costa Leventis, à présent ?

— Que voulez-vous dire ?

— Ce matin j'ai eu l'impression d'être un caniche crasseux qu'on déposait chez le toiletteur.

— Mary… Je vous ai dit que vous étiez belle à chacune de nos rencontres, lui rappela-t-il en plongeant son regard dans le sien.

Elle prit conscience que c'était vrai. Mais elle détourna les yeux. Pas question de se laisser envoûter par ces yeux gris argenté.

— Que vous est-il arrivé ? Pourquoi ces marques sur votre visage ?

— Je me suis cogné dans une porte.

— Sacrée porte ! Étant censée être votre petite amie, je devrais savoir la vérité, il me semble ?

— Non.

— Votre mère va vouloir savoir…

— Peut-être, mais elle sait parfaitement qu'elle n'obtiendra pas de réponse.

Costa laissa échapper un soupir. Il ne voulait surtout pas raconter à Mary qu'il était tombé dans une embuscade à Heathrow juste après l'avoir quittée l'autre jour. Et encore moins lui répéter les horreurs qu'Eric Ridgemont avait dites à son sujet ! Ridgemont, il lui avait réglé son compte d'une seule main. Malheureusement, dans sa colère il avait oublié les gorilles avec lesquels celui-ci se déplaçait.

— J'ai eu petit accident après vous avoir quittée. À la suite de quoi j'ai eu besoin d'une nouvelle couronne… de préférence à temps pour l'anniversaire de ma mère. Mais les médecins de l'hôpital estimaient que des points de suture et un scanner étaient plus urgents.

Devant le regard scrutateur de Mary, il s'efforça de tourner l'histoire en plaisanterie.

— J'ai signé une décharge et je suis allé dans le privé… Dans ma nouvelle clinique, j'ai passé un scanner, j'ai été recousu, et ensuite on m'a réveillé toutes les heures pour braquer une lumière sur mes yeux. Alors j'ai signé une décharge et je suis allé à l'hôtel. Ce matin, j'ai enfin eu ma nouvelle couronne… Il montra sa nouvelle dent puis, considérant la discussion close, il arbora un sourire satisfait malgré ses lèvres gonflées.

— Je ne vous crois pas, Costa. En tout cas, pas en ce qui concerne la porte.

— Tant pis. Il faut y aller. L'hélicoptère attend.

— Non.

Mary secoua la tête avec énergie. C'était curieux, cette assurance qu'elle avait tout à coup. Elle se trouvait pourtant dans un pays étranger, sans filet de sécurité, mais elle n'avait pas peur. Le plus dur était derrière elle. Elle avait laissé tomber Coral, perdu son travail et son logement… mais au lieu d'être angoissée elle se sentait libérée.

— Je ne partirai pas d'ici tant que nous ne nous serons pas mis d'accord sur l'histoire de notre prétendu couple.

— L'hélicoptère fait la navette pour transporter les invités à la fête de demain. Il ne peut pas rester immobilisé pendant que nous jouons à « apprenons à nous connaître ».

— Alors prenons le ferry.

— Il y a longtemps que je ne prends plus le ferry, railla Costa.

Mais Mary ne bougeait pas… De toute évidence, elle était prête à rester là toute la nuit.

— Ils se préparent pour quelque chose, dit-elle en jetant un coup d'œil au serveur, qui s'était changé. Je pense qu'une célébrité est sur le point d'arriver…

— Le soleil les a tous fait sortir. Ils vont bientôt descendre de leurs yachts. Regardez ça, dit-il en indiquant une famille qu'on faisait changer de table. On fait de la place pour l'élite.

— À nous on ne nous demande pas de nous déplacer. Ou plutôt, à vous on ne vous le demande pas.

— Ça n'a pas toujours été le cas.

Costa considéra Mary avec une pointe d'admiration. Pas de doute, elle ne bougerait pas d'ici tant qu'ils n'auraient pas mis au point leur histoire.

— Vous avez changé, dit-il d'un ton accusateur.

— C'est vrai. Ça doit être le soleil.

— Eh bien, que ce soit ça ou autre chose, ça me plaît, reconnut-il à contrecœur en prenant son téléphone.

Reste en colère. Pendant qu'il annulait l'hélicoptère, Mary s'efforça de se persuader qu'elle en voulait toujours à Costa.

— Pourrions-nous reprendre depuis le début ? suggéra-t-il quelques secondes plus tard en éteignant son téléphone.

J'étais très contrarié de ne pas pouvoir être là pour vous accueillir à l'aéroport. Kristina était mon dernier recours. Croyez-moi, nous ne nous entendons pas bien du tout.

— Avez-vous couché avec elle ?

— Mon Dieu, non !

Il fronça le nez.

— Pourquoi ramenez-vous toujours tout au sexe ?

— Elle vous déteste avec trop d'ardeur. Et elle est très belle.

— Kristina déteste tout le monde. J'ai été obligé de lui promettre une lune de miel prénatale à Anapliro…

— Une lune de miel prénatale ?

— Oui, et de longue durée !

Costa roula les yeux.

— Kristina devrait être négociatrice spécialisée en prises d'otages plutôt qu'assistante personnelle. Mais elle est redoutablement efficace. Et j'ai réussi à tirer Leo du lit avant midi. Ce qui, croyez-moi, est un miracle. Il est très en colère contre moi lui aussi.

Mary se mordit la lèvre. Elle avait été tellement blessée par l'absence de Costa qu'elle n'avait pas imaginé un seul instant qu'il avait pu être obligé de se démener pour lui éviter de se retrouver seule à son arrivée à l'aéroport. Peut-être devrait-elle avoir mauvaise conscience, mais elle se sentait surtout réconfortée. La matinée aurait pu être bien pire.

— Merci, dit-elle. Sincèrement.

— C'est normal.

Costa lança un coup d'œil aux sacs portant la griffe de Leo qu'elle avait posés à côté de sa valise.

— Apparemment, le courant est passé entre Leo et vous !

— Il a été adorable. Maintenant, mettons au point notre histoire.

— Très bien. Que suis-je censé savoir à votre sujet ?

Elle déglutit péniblement.

— Costa, c'est devant votre famille que nous allons jouer la comédie. Moi, je n'en ai pas.

— Je ne sais même pas où vous habitez.

Elle resta silencieuse.

— D'accord, nous dirons juste que vous vivez à Londres et que ces derniers temps vous étiez très souvent chez moi. Non, que tu étais souvent chez moi. Si nous voulons être crédibles, il faut prendre l'habitude de nous tutoyer.

Il réfléchit un instant puis demanda :

— Es-tu intolérante au gluten ?

— Qu'est-ce que c'est que cette question ?

— Beaucoup de femmes de ma connaissance le sont, et si c'est le cas il faudra que je prévienne la cuisinière.

— Non, je ne le suis pas. Costa, vous... tu m'as commandé du gâteau au restaurant.

— C'est vrai. Des allergies ?

— Aucune. Mais nous ne sommes pas ici pour parler de moi. J'ai besoin d'en savoir davantage sur vous... sur toi.

Il resta silencieux.

— Si nous commencions par Roula. Ou plutôt la « pauvre Roula ». Je suppose que c'est ton ex.

— Leo parle trop.

— Combien de temps êtes-vous restés ensemble ?

— Nous n'avons jamais été ensemble. Nous avons été promis l'un à l'autre quand nous étions enfants. C'est la tradition à Anapliro...

— Tu es revenu sur ton engagement ?

— Non.

— Costa, il faut que j'en sache un peu plus avant de rencontrer tes parents.

Après une hésitation, il déclara :

— Il n'y a que ma mère. Mon père est parti à l'époque où elle est tombée malade, et elle a été obligée d'exercer plein de petits boulots pour joindre les deux bouts. La famille Kyrios – la famille de Roula – a alors décidé que je n'étais plus un parti convenable.

— Parce que ton père était parti ?

— Oui, et sans doute parce qu'ils craignaient que je sois comme lui.

Mary scruta le visage de Costa. Son ton désinvolte cachait sûrement quelque chose. Mais de toute évidence il n'avait pas l'intention de lui donner plus de détails.

— Roula a épousé Dimitrios, un pêcheur, ajouta-t-il.

— Oh.

— Tu sembles déçue.

— Un peu. Je m'attendais plutôt à une ancienne maîtresse rejetée.

— Il y en a quelques-unes, mais pas à Anapliro. J'évite d'avoir des liaisons là-bas. Je n'ai pas envie de me retrouver marié dès le lendemain à l'aube.

— D'où ma présence ?

— En quelque sorte, acquiesça Costa en hochant la tête.

Mais le soupir qu'il poussa aussitôt après conforta Mary dans son opinion. Il ne lui disait pas tout.

— Ce qu'il faut que tu saches c'est que le mari de Roula est mort dans un accident de bateau il y a quelques années.

— Ah…

— Même à son enterrement je sentais les regards sur moi.

— Ceux de Roula ?

— Oh ! non ! Entre elle et moi il n'y a pas d'ambiguïté. Ceux des anciens du village, qui voudraient nous voir ensemble.

— Maintenant que tu es riche ?

— Oui. Ma mère en rêve aussi. Et la famille de Roula également.

— Alors qu'ils étaient revenus sur leur engagement ?

— Oui. Une chance, en fait. Grâce à eux j'ai gardé ma liberté, je me suis lancé dans les affaires et j'ai créé des emplois sur l'île. La plupart des habitants travaillent pour moi aujourd'hui.

Au lieu de poursuivre son récit comme Mary l'espérait, Costa tendit la main vers son verre. Sans réfléchir elle posa la sienne dessus pour l'arrêter. Puis elle la retira aussitôt, électrisée. Et stupéfaite. Elle avait à peine effleuré ses doigts ! Comment était-il possible qu'un contact aussi furtif déclenche une réaction aussi intense ? Mais elle fut encore plus stupéfaite quand la main de Costa se referma sur la sienne, restée sur la table. Envahie par une vive chaleur elle se figea, les yeux fixés sur leurs mains, comme hypnotisée.

Costa prenait soin de ne pas serrer trop fort la main de Mary. L'image de ses doigts devenus blancs sous la pression de ceux de Ridgemont au restaurant était restée gravée dans sa mémoire. Comme la peur qu'il avait lue dans ses yeux à ce moment-là. Mais que lui arrivait-il ? S'il avait décidé de l'emmener à Anapliro c'était uniquement pour dissiper les illusions de sa mère et de tous ceux qui le voyaient déjà marié avec Roula. Pourquoi avait-il envie de rester assis là avec elle et de discuter encore pour mieux la connaître ? C'était ridicule. D'autant plus qu'il lui avait promis de ne pas la toucher en l'absence de spectateurs… Il lâcha la main de Mary et la tapota doucement, comme si son intention était juste de la rassurer à propos du week-end. Puis il consulta sa montre et dit d'un ton neutre :

— Nous ferions mieux d'y aller.

Quelques minutes plus tard, alors qu'il avait décidé depuis des années de ne plus jamais le prendre, Costa Leventis monta à bord du ferry pour Anapliro.

7.

Costa détestait le ferry. C'était une traversée trop familière. Horriblement familière. Il était assis sur un banc à côté de Mary qui regardait Thira s'éloigner. Dans quelques instants elle pourrait apercevoir Anapliro. La première fois qu'il avait pris le ferry c'était avec de l'argent volé dans le porte-monnaie de sa mère. Il était déterminé à trouver son père et à exiger qu'il revienne à Anapliro assumer ses responsabilités. Il était passé dans tous les bars en demandant si quelqu'un avait vu Stavros Leventis… Il sentit le regard de Mary sur lui.

— Arrête de me dévisager, dit-il sans tourner la tête.

Puis il la regarda et il ne put s'empêcher de sourire devant son air de coupable pris en flagrant délit.

— Si j'étais arrivée avec un œil au beurre noir et des points de suture, tu me dévisagerais de la même manière.

— C'est vrai. Et j'aurais été obligé de te laisser à Thira. Ça aurait été un peu trop pour Yolanda.

— Allons-nous la voir ce soir ?

— Nous passerons juste prendre un verre avec elle. Elle sera accaparée par les derniers préparatifs de la fête.

— J'ai pris un manuel d'initiation au grec à la bibliothèque.

— Pourquoi ? Elle parle bien anglais.

— Oui, mais elle appréciera que je fasse l'effort de parler un peu grec. Si j'étais vraiment ta petite amie, j'apprendrais au moins les rudiments du grec.

— Waouh ! Tu ferais vraiment ça ?

— Bien sûr.

— Très impressionnant. Mais sincèrement tu n'as pas à t'inquiéter. La plupart des invités parlent anglais. Et elle, elle est aussi bavarde en anglais qu'en grec…

— Leo dit qu'elle est très active. Pourquoi l'appelles-tu Yolanda ?

— C'est elle qui gère le centre. Ça paraîtrait bizarre si je disais à un client que je dois vérifier le planning avec ma mère…

Mary pouffa. Costa non. Les mouvements du bateau qui commençait la manœuvre pour accoster lui rappelaient trop une époque qu'il préférait oublier. Il se leva et s'approcha du bastingage. Le jour où sa mère s'était effondrée sur le quai, il l'avait fait monter sur le ferry en la portant tant bien que mal.

« Je ne vois plus rien, Costa. Si je ne vois plus, je ne peux plus travailler.

— Moi, je peux. Je fais plus vieux que mon âge. » avait-il répliqué en s'efforçant de maîtriser le tremblement de sa voix d'enfant de dix ans.

— C'est splendide ! dit Mary en le rejoignant.

Il réprima un soupir. Comment lui dire sans être blessant qu'il n'avait pas besoin qu'elle le suive comme son ombre ? Mais après tout peu importait. L'accostage était presque terminé, et ils allaient bientôt descendre. Oui, Anapliro était splendide avec sa falaise vertigineuse qui se dressait hors de l'eau, laissant apparaître des couches superposées de scories et de cendres témoignant de son origine volcanique.

— Voilà le village, dit Costa en lui montrant une grappe de maisons blanches accrochées au flanc de la falaise. Et, là, c'est le centre de thalassothérapie.

Mary ne vit d'abord rien, puis elle finit par distinguer des bâtiments bas en partie masqués par des arbres, qui se fondaient dans le paysage le long du rivage.

— Et un peu plus loin, là-bas, tu vois ce dôme argenté ? C'est celui de l'église où se marient les clients qui louent le centre pour leur mariage.

Des piscines scintillaient au soleil, et plusieurs yachts étaient amarrés dans la baie.

— J'ai grandi là, dit Costa en indiquant le port. Mes grands-parents avaient une maison un peu plus haut sur la colline. Ma mère y a vécu jusqu'à la mort de ma *yaya*. À présent elle a sa propre villa au centre.

— Comment as-tu réussi à créer tout ça ? demanda Mary, très impressionnée.

— C'est un sujet dont je ne souhaite pas parler.

— Avec moi ?

— Avec personne. Je n'ai pas l'habitude de raconter ma vie, Mary. Je suis né sous une bonne étoile.

— Une bonne étoile ? Oh ! je t'en prie !

— Nemo est venu nous chercher. Par conséquent, il faut...

Costa prit Mary par les épaules avant d'ajouter :

— C'est le frère de Roula.

— Comment savait-il que nous étions à bord ?

— Le pilote de l'hélicoptère, je suppose. Je te l'ai dit. Tout le monde sait tout sur tout le monde, ici.

Il la fit pivoter face à lui.

— Avant que nous débarquions, donne-moi d'autres informations sur toi.

— Quel genre ? Je suis vraiment très ennuyeuse.

— Très bien, je dirai ça aux gens quand ils me poseront des questions sur toi. « Elle est vraiment très ennuyeuse. » Pas très convaincant, tu ne crois pas ?

— Je suis Bélier.

— Normal, puisque c'était ton anniversaire la semaine dernière. Allons, Mary, qu'est-ce qu'un amant saurait forcément au sujet de Mary Jones ?

— Tu aurais peut-être dû joindre un questionnaire au contrat. Je te rappelle tu me paies pour me promener à ton bras et être embrassée à la demande.

— On ne t'a pas conseillé à l'école d'escorts de ne pas passer ton temps à rappeler à l'homme qu'il paie pour ta compagnie ? Parce que franchement, ça ne facilite pas les choses.

Costa inspira profondément. Tout à coup il détestait cette comédie qu'ils avaient prévu de jouer.

— Je ne suis pas allée à « l'école d'escorts », comme tu dis. En réalité…

— Je te présente mes excuses, coupa-t-il. C'était grossier de ma part de dire ça.

— Non, Costa écoute…

— N'en parlons plus. Il serait judicieux que je t'embrasse maintenant, si tu veux bien.

— Pour les spectateurs ?

— Oui.

Mary eut un pincement au cœur. Ce baiser n'avait rien à voir avec le premier. La bouche de Costa se contentait de bouger lentement sur la sienne, et ses mains restaient posées sur ses hanches comme si elles y avaient été placées par un metteur en scène.

— Ne reste pas figée comme si tu dormais debout, murmura-t-il contre ses lèvres.

Oh ! elle ne dormait pas. Ce baiser factice lui donnait envie de pleurer.

— Bien, dit-il quelques secondes plus tard. Ça devrait suffire.

Pas la moindre lueur d'affection dans ses yeux. S'il avait une serviette de table à portée de main, il s'essuierait sans aucun doute la bouche.

8.

— Il n'y en a plus pour très longtemps, dit Costa alors qu'ils se tenaient la main sur la banquette arrière d'une voiture luxueuse.

Ils se tenaient juste la main. Pas de caresses du bout des doigts, pas de petites pressions complices. C'était aussi factice que leur baiser. Nemo l'observait dans le rétroviseur, constata Mary. Ouvertement, sans la moindre gêne.

— C'est un long trajet, dit-elle à Costa tandis que la voiture roulait un peu trop vite à son goût sur la route qui longeait la côte. Mais tu dois avoir l'habitude, je suppose…

— En fait, non. D'habitude je viens en avion.

Costa sembla soudain retrouver un peu d'entrain. Il indiqua la colline et lui parla d'un nouveau restaurant.

— Il paraît qu'il est excellent. Mon chef et le restaurateur sont rivaux. Il est donc de mon devoir d'y aller pour évaluer la concurrence. Nous essaierons de nous y rendre avant notre départ.

Il écarta une mèche de cheveux de sa joue et déposa un baiser sur celle-ci. Elle se tourna aussitôt vers lui et lui rendit spontanément son baiser.

— C'est bon, murmura-t-il à son oreille avant de s'écarter.

Quelle idiote ! Bien sûr… Sa promesse de l'emmener au restaurant et son baiser, c'était juste pour donner le change devant Nemo. Comment avait-elle pu s'imaginer un seul instant que cet élan de tendresse était sincère ? Il fallait à tout prix qu'elle se ressaisisse. Elle resta silencieuse tandis que la voiture tournait dans une longue allée puis s'arrêtait devant une villa. Alors qu'ils descendaient de voiture, un groom prit les bagages dans le coffre.

— Merci, dit Costa avant de le suivre à l'intérieur en compagnie de Mary.

Dans la pièce où le groom déposa les bagages, elle eut le temps d'apercevoir un grand lit recouvert de bleu marine. Réprimant l'envie de voir la chambre de plus près, elle promena un regard appréciateur sur le vaste salon. Une immense baie vitrée occupait tout un mur, laissant entrer les derniers rayons du soleil et offrant une vue spectaculaire sur la mer. Les murs de pierre, le plafond très haut et les superbes tapis qui habillaient le sol dallé ajoutaient au cachet de la pièce.

— Ta chambre, déclara Costa en ouvrant une porte blanche.

C'était plutôt une suite, avec un lit habillé de lin blanc et une élégante salle de bains carrelée. Elle y serait chez elle pendant tout le week-end… Mais l'image du grand lit bleu marine restait imprimée dans son esprit.

— Tu as ta propre piscine, mais elle est trop petite pour y nager.

Costa traversa la chambre pour ouvrir la porte-fenêtre, qui donnait sur une petite terrasse équipée d'un bassin dans lequel coulait une fontaine.

— Tu peux appeler le restaurant ou le spa si tu as envie de quelque chose à manger, d'un massage…

Il montra le téléphone posé sur la table de chevet.

— Tout ce que tu veux.

Elle explora le reste de la villa puis elle jeta un nouveau coup d'œil dans la chambre de Costa, où ses bagages avaient été déposés. Mais elle n'y entra pas. Elle se contenta de la regarder depuis le seuil, le cœur battant. Rien de tout cela n'était réel. Si elle était ici, c'était uniquement parce que lundi elle disposerait d'une somme qui lui permettrait de prendre un nouveau départ. Pourquoi avait-elle tendance à l'oublier ? Toute la semaine elle avait pesé le pour et le contre, mettant en balance les avantages et les inconvénients de ce week-end, comme pour une offre d'emploi. Toutefois elle avait ignoré un détail qui entrait à la fois dans la catégorie des avantages et dans celle des inconvénients. Elle aimait bien Costa. Non, elle aimait beaucoup Costa. Les efforts qu'il avait faits pour que quelqu'un vienne l'accueillir à l'aéroport l'avaient profondément touchée. Et puis avec lui elle se sentait libre parce qu'il lui permettait d'être elle-même.

— Tu veux que j'appelle quelqu'un pour défaire ta valise ? demanda-t-il en la rejoignant.

— Non, merci.

— Dans ce cas, je vais aller nager.

Il passa devant elle pour entrer dans sa chambre et enleva sa chemise. Alors qu'il ouvrait sa valise, elle vit les hématomes sur son torse et ne put s'empêcher de lancer :

— Eh bien, sacrée porte !

— Oui, sacrée porte, acquiesça-t-il en débouclant sa ceinture.

Elle s'attarda sur le seuil de la pièce. À présent qu'ils étaient seuls chez lui et pas dans un café, il allait sûrement lui donner des détails. Lui expliquer ce qui s'était passé… Il se contenta de continuer à se déshabiller. Et bientôt, il fut nu devant elle.

— Costa !

— Quoi ? C'est toi qui restes là à me regarder.

Il enfila un maillot de bain, mais elle eut le temps de voir quelque chose de tout nouveau pour elle. C'était la première fois qu'elle voyait un homme nu. Et son… son sexe… était dressé. Et même à présent qu'il était couvert, elle le voyait encore…

— Tu viens te baigner ? lui demanda-t-il en passant devant elle.

— Nous ne devions pas aller chez ta mère ?

— Il n'y a pas d'heure précise. Et de toute façon, elle

s'attend à ce que je sois en retard. Comme ce serait le cas si notre histoire était vraie.

Il indiqua le lit d'un mouvement du menton puis il la laissa seule, clouée sur place. S'ils étaient un vrai couple, ils seraient en train de… Allons, elle allait porter sa valise dans sa chambre et en rester là. Parce qu'il était hors de question qu'elle frappe à sa porte en pleine nuit ! Elle passa la main sur le dessus-de-lit soyeux et un long frisson la parcourut. Au lieu de prendre sa valise pour la porter dans sa chambre, elle l'ouvrit et choisit un deux-pièces couleur d'ambre qu'elle enfila. Quand elle sortit dans le crépuscule tout son corps était en feu, depuis la racine des cheveux jusqu'à la pointe des pieds. Seule la piscine était éclairée. Elle s'assit au bord et trempa d'abord ses pieds, puis ses jambes, tandis que Costa fendait l'eau, enchaînant les longueurs. Un moment plus tard il vint vers elle et croisa les bras sur le bord.

— Tu ne te baignes pas ?

— Je ne sais pas nager. Voilà une information pour toi. Mary ne sait pas nager.

— Sérieusement ? On ne vous apprend pas à nager à l'école en Angleterre ?

— Si. Mais j'ai été exclue le jour de la première leçon.

— Parce que… ?

Une question simple. Mais beaucoup de souffrance derrière la réponse. C'était ce jour-là que sa mère était morte.

— Je me suis échappée du groupe de ma classe pour sauter du grand plongeoir…

— Du grand plongeoir ? s'exclama-t-il en riant. Eh bien !

— Oui. Sans réfléchir, bien sûr. Il a fallu me repêcher. Puis ma mère a été obligée de venir me chercher…

— Elle était encore là ? demanda-t-il d'une voix douce.

— Oui… Et mon père…

Elle s'interrompit.

— Ton père ?

Dans un effort pour plaisanter, elle utilisa le surnom que sa grand-mère et elle donnaient à son père.

— M. Raisonnable a dit : « Mary doit apprendre. »

Elle s'interrompit de nouveau. Sous le ciel d'Anapliro, en compagnie de Costa qui attendait patiemment, elle osa enfin regarder ce souvenir en face. Elle revit l'inquiétude sur le visage de son père. Elle sentit ses mains autour des siennes alors qu'il suggérait à sa mère qu'ils feraient mieux de ne pas sortir. Il avait compris malgré son attitude rebelle à quel point elle était secouée…

— À l'école ils étaient furieux. Ils m'ont exclue des leçons de natation pendant un trimestre entier.

— Ils ont refusé de t'apprendre ce qui aurait justement pu te sauver ?

— Oui… De toute façon, j'ai changé d'école peu de temps après. Et toi, qui t'a appris ?

— Je ne sais pas. C'est venu tout seul, en nageant. Galen et moi nous avions l'habitude de nager dans la mer tous les matins, et d'aller un peu plus loin à chaque fois.

— Galen est ton ami ? demanda-t-elle avec curiosité, se rappelant que Kristina avec prononcé ce nom.

— Pas réellement. Nous étions ensemble à l'école, puis au service militaire. Aujourd'hui nous partageons un immeuble de bureaux, et il me demande régulièrement de ne pas emprunter sa lamentable assistante.

— Ça ressemble à la description d'un ami.

— Peut-être. À l'école on l'appelait *rompot*, robot.

— C'est méchant.

— Non, c'était un compliment. Il est brillant… vraiment très brillant. Très sérieux. C'est à cause de lui que je ne peux pas te faire voyager en *jet* privé.

— Je croyais que c'était parce que tu avais des principes ?

— Non.

Costa parut sur le point de se hisser sur le bord, puis il

suivit le regard de Mary fixé sur l'eau et devina visiblement son envie de se baigner.

— Plongeon interdit, plaisanta-t-il en tendant la main.

Elle la prit sans réfléchir et se laissa glisser dans l'eau. Mais si lui avait visiblement pied, elle ne sentait pas le fond…

— Pouvons-nous aller dans la zone peu profonde ?

— Il n'y en a pas.

S'accrochant à sa main, elle prit une profonde inspiration et s'immergea le temps de toucher le fond avec ses pieds. Quand elle remonta et sortit la tête hors de l'eau, il souriait.

— Si tu veux, je peux t'apprendre à nager.

Elle émit un petit rire narquois. La croyait-il vraiment naïve à ce point ? Il resta très sérieux.

— Le soir où nous nous sommes rencontrés je t'ai dit que je ne tenais jamais un double langage.

Dommage, songea-t-elle tandis qu'il lui faisait poser les mains sur le bord.

— Allonge-toi sur le ventre et prends le temps de t'habituer à flotter dans l'eau.

Il adopta la même position et lui fournit de nouvelles informations. Son bureau était situé à Kolonaki, à Athènes, et donnait sur un square. Son appartement se trouvait à quelques kilomètres, au bord de la mer.

— Je nage tous les matins. Tu ne peux pas ignorer ça, ajouta-t-il en souriant.

— Et je ne nage pas avec toi ?

Pas encore, faillit répondre Costa. Mais il détourna les yeux. Ils n'avaient pas de spectateurs, et donc aucune raison de jouer la comédie. Pas question de laisser la moindre place à l'ambiguïté. Il attendit un instant avant de demander :

— Comment a réagi ta patronne ?

— Comme prévu. Elle m'a licenciée.

Un sourire réjoui éclaira le visage de Mary.

— En fait, je me suis sentie libérée.

— Bien, commenta-t-il en souriant à son tour.

Décidément, elle le surprendrait toujours…

— Je suis allée à l'hôtel près de l'aéroport et j'ai mangé tout le chocolat du minibar, puis toutes les noix. Et ensuite j'ai regardé un film en me disant *gia parti mou…*

— Parfait.

Ils continuaient de flotter dans l'eau côte à côte et de temps en temps leurs épaules ou leurs bras se touchaient. Tout à coup les lumières extérieures s'allumèrent, et Costa soupira.

— Il est l'heure d'y aller ? devina-t-elle.

— Oui, répondit-il en lui prenant la main pour l'aider à sortir la piscine.

Ce fut elle qui se rapprocha de lui et l'embrassa. À sa grande joie, il la prit aussitôt par la taille et l'attira contre lui. Leur baiser nonchalant n'avait plus rien de factice. C'était le baiser de deux adultes enfin seuls. Tandis qu'il l'approfondissait, elle enroula ses jambes autour de lui. Instinctivement. Avec une seule certitude. C'était un baiser parfait. Elle noua les bras sur sa nuque et s'alanguit contre lui tandis qu'il promenait les mains sur elle. Costa s'arracha à la bouche de Mary. Avec elle il avait l'intention de prendre son temps.

— Toujours aussi belle, murmura-t-il en immobilisant de nouveau ses mains sur sa taille.

— Je ne veux pas dormir dans la chambre d'amis, susurra-t-elle.

— Quelle bonne nouvelle !

Il avait l'intention d'attendre la nuit, mais elle se pressa plus étroitement contre lui, et il lui enleva son haut de maillot. Lorsque les lèvres de Costa se refermèrent sur la pointe de son sein, Mary fut assaillie par des sensations inouïes qui lui arrachèrent un gémissement étranglé. Elle ferma les yeux et continua de gémir tandis qu'il aspirait goulûment le bourgeon hérissé, le léchant et le mordillant tour à tour. Il finit par s'interrompre quelques secondes avant de soumettre l'autre sein à la même torture exquise. Puis il captura de nouveau sa bouche avec ardeur en resserrant ses bras autour d'elle.

Le contact de son sexe durci contre son ventre l'électrisa. Après cette journée d'angoisses successives, elle flottait soudain sur un petit nuage.

Au lit, vite. Costa avait oublié ses résolutions. Il lui restait juste assez de lucidité pour se souvenir que dans sa chambre il y avait des préservatifs. Mais Mary était brûlante contre lui, vibrant d'excitation... Il dénoua les liens qui retenaient son bas de maillot sur ses hanches et effleura son sexe du bout des doigts.

— Costa...

Dire qu'elle craignait d'éprouver de l'appréhension ! Mary était grisée par les sensations toujours plus fantastiques que la bouche et les doigts de Costa déclenchaient en elle. Impossible d'aller dans la chambre, il était trop tard... Costa enleva son maillot et le lança sur le bord de la piscine avant de glisser de nouveau la main entre les cuisses de Mary. À la première caresse elle lui mordit l'épaule en gémissant. Puis elle trouva son sexe sous l'eau et referma la main dessus. Fou de désir, il se libéra avec un grognement rauque, la saisit par les hanches et s'apprêta à s'enfoncer en elle. Lorsque le sexe de Costa chercha le sien, ce ne fut pas la douleur plutôt légère qui la fit tressaillir. Ce sexe, elle venait de le toucher. Il était délicieusement dur. Et très doux. Parce qu'il était nu. Or elle avait beau manquer totalement d'expérience, elle connaissait les avantages indéniables du préservatif...

— Que se passe-t-il ? demanda Costa en scrutant son visage.

Comment lui expliquer ? Elle se mordit la lèvre.

— Tu devais juste m'apprendre à nager.

Costa jura et faillit lâcher Mary, mais il se rappela juste à temps qu'elle n'avait pas pied. Il la rapprocha du bord pour qu'elle puisse s'y accrocher, puis il se hissa hors de l'eau. Après l'avoir aidée à sortir à son tour du bassin, il rentra dans la villa sans l'attendre. Ils prirent leur douche et s'habillèrent chacun de leur côté. Une question poursuivait

Mary. Pouvait-elle se dispenser de prévenir Costa qu'elle était vierge ? En tout cas, après cet avant-goût elle était déterminée à ne pas le rester !

— Prête ? demanda-t-il quand elle sortit de la chambre vêtue de la robe vert menthe.

— Oui, répondit-elle en prenant son sac et en sortant la carte qu'elle avait achetée.

— Qu'est-ce que c'est ? demanda-t-il.

Elle le regarda pour la première fois depuis qu'ils étaient sortis de la piscine. Vêtu d'un pantalon de lin écru et d'un polo fin qui soulignait ses muscles, il était superbe. Mais il avait une mine renfrognée.

— Une carte d'anniversaire.

Une carte qu'elle trouvait très réussie, avec « 50 » écrit en lettres d'or et une paire de faux cils fixés au-dessus, que Yolanda pourrait détacher pour les mettre si elle en avait envie. Mais Costa avait quitté la pièce…

Elle le rattrapa à la hauteur de la piscine, au bord de laquelle étaient restés leurs maillots mouillés.

— Au sujet de tout à l'heure…

— Pas maintenant, coupa-t-il d'un ton crispé.

Ils prirent une allée éclairée par des lumières douces. Une odeur d'herbes flottait dans l'air et les stridulations des grillons perçaient le silence.

— Les criquets chantent fort.

— Les grillons, rectifia Costa toujours sur le même ton. Je les déteste.

— Moi je les aime bien…

L'air était chargé d'électricité en raison d'un phénomène tout nouveau pour Mary. La tension due au désir frustré.

— Costa, pouvons-nous discuter maintenant ?

— Attendons d'avoir subi l'interrogatoire de Yolanda, d'accord ?

— Costa, s'il te plaît…

— Il n'y a rien à dire. Et de toute façon nous sommes arrivés…

— S'il te plaît.

— Je croyais que c'était mutuel.

— Ça l'est ! J'avais très envie…

— Je n'ai pas besoin qu'on flatte mon ego, Mary. Garde ça pour tes clients.

— Il n'y a pas de clients ! Il n'y en a jamais eu.

— Quoi ?

— Je suis vierge…

Cloué sur place, Costa fixa Mary en silence.

— Costa !

Allons bon, sa mère les avait vus et elle l'appelait, bien sûr… Il ne répondit pas. Pour l'instant il avait quelques questions à poser à Mary.

— C'était quoi ce cirque dans la piscine ? C'est toi qui m'as provoqué. J'ai cru que tu en avais vraiment envie.

— Oui, c'était le cas !

— Et quand comptais-tu me dire que tu es vierge ?

— C'est important ?

— Bien sûr que oui, bon sang !

Il jura en grec.

— J'ai payé pour une escort. Pour me simplifier la vie, pas pour la compliquer encore davantage !

Yolanda était visiblement à bout de patience, parce que la grille s'ouvrit et l'éclairage de sécurité s'alluma. Ils se retrouvèrent sous le faisceau des projecteurs au beau milieu d'une dispute. Il jura de nouveau en grec.

— On peut dire que tu sais choisir ton moment, Mary !

Elle se tourna vers la villa. Plusieurs personnes s'affairaient à proximité d'une grande piscine éclairée. Mais c'était avant tout Yolanda qui attirait le regard. C'était sans doute la femme la plus belle et la plus glamour qu'elle avait jamais vue. Elle leur faisait de grands signes depuis son fauteuil roulant électrique, vêtue d'un caftan turquoise, un verre à la main. Son sourire était d'autant plus éclatant que ses lèvres étaient fardées de rouge cerise. Quant à son épaisse chevelure chocolat éclairée de mèches dorées, elle était somptueuse.

— *Kalimera*, dit Mary en souriant.

— C'est *kalispera*, corrigea Costa.

Mais l'attention de sa mère était accaparée par tout autre chose.

— Qu'est-il arrivé à ton œil ? s'exclama-t-elle.

— Je me suis cogné dans une porte.

— Oh ! je t'en prie ! protesta-t-elle en l'embrassant.

Cependant, comme il l'avait prévu elle ne s'appesantit pas sur le sujet.

— Quelle joie de te voir ici ! Ça fait si longtemps !

— Ne te laisse pas attendrir, commenta Costa à l'adresse de Mary. Elle omet de dire que nous avons déjeuné ensemble à Athènes il y a deux semaines.

Yolanda se tourna vers elle en souriant.

— Mary, je suis désolée, je n'ai pas saisi votre nom de famille.

— Arrête d'aller à la pêche aux informations, dit Costa d'un ton léger tandis qu'ils se dirigeaient vers une terrasse couverte située à l'écart de la piscine. Il avança une chaise pour Mary, qui s'assit en répondant à Yolanda :

— Mary Jones.

— Bienvenue, Mary.

Elle s'apprêta à lui servir un verre de la boisson qu'elle était en train de boire. Et qui ressemblait à l'alcool que Costa avait bu à la marina. Mary refusa poliment.

— Non, merci.

— Pour vous souhaiter la bienvenue, insista Yolanda.

— Mary ne boit pas d'alcool, intervint Costa.

— Pas du tout ? C'est juste de l'ouzo.

— Juste de l'ouzo ça reste de l'alcool. Si elle en boit je vais être obligé de la porter jusqu'à la villa, plaisanta Costa.

— Vous avez mangé ? demanda Yolanda.

— Non, mais nous ne restons pas.
— Costa… Nous pouvons dîner ensemble, non ?
— Et ça nous arrive souvent.
— Pas ici.
— Et pas ce soir. Tu es prête pour demain ?
— Je pense. J'aurais dû t'écouter et me contenter d'organiser un dîner à Athènes, ajouta Yolanda.
— Je t'avais prévenue.
Yolanda donna des détails sur les préparatifs de la soirée. Les lumières, les boissons, les invités… Tout en s'efforçant de rester attentif, Costa tentait de déchiffrer l'énigme nommée Mary, assise à côté de lui. L'image de ses traits légèrement crispés dans la piscine le poursuivait. Pourquoi ne lui avait-elle pas dit qu'elle était vierge ? Lui avait-il fait mal ? Avait-il eu tort de penser qu'elle partageait son désir ? Il y avait pourtant des signes qui ne trompaient pas… À quoi jouait-elle donc ?
— Costa, tu m'écoutes ?
La voix de Yolanda arracha Costa à ses interrogations.
— Nemo fait la tête parce que j'ai besoin de lui demain. C'est le responsable sécurité du centre, expliqua-t-elle à Mary. Je ne peux pas me passer de ses services. Peux-tu lui parler, s'il te plaît, Costa ? Il faudrait qu'il commence sa ronde bientôt.
— D'accord.
— Et puis il y a la pauvre Roula…
Yolanda regarda Mary.
— Je suis désolée de parler d'elle devant vous, mais c'est mieux que de le faire derrière votre dos…
— Ça ne me pose pas de problèmes, lui assura Mary en souriant.
Heureusement que Costa lui avait expliqué la situation !
— Elle semble préoccupée ces derniers temps, Costa. Elle a beau s'efforcer de donner le change, je sens bien que quelque chose la perturbe.

— Dois-je lui parler à elle aussi ? demanda Costa d'un ton narquois. Faut-il prévoir une tente de consultation pour demain ? Afin que chaque employé mécontent puisse me présenter ses revendications ?

— Costa !

Yolanda pouffa, mais elle redevint très vite sérieuse.

— Je suis sûre que ce n'est pas un problème professionnel qui tracasse Roula.

— Dans ce cas, ça n'a rien à voir avec moi.

— Je n'en suis pas si sûre…

— Je te rappelle qu'il n'y a jamais rien eu entre nous, coupa Costa d'un ton vif. Nous étions encore des gamins quand vous avez tous décidé de notre avenir.

Il en avait par-dessus la tête d'entendre ce refrain ! Et sa mère pourrait tout de même faire preuve d'un peu plus de tact, non ?

— Qu'est-ce qui te prend de remettre ça sur le tapis ce soir ?

— Costa…

La voix était douce et très calme. Mais ce n'était pas sa mère qui le prévenait qu'il allait trop loin. C'était la discrète petite Mary Jones de Londres ! Il la foudroya du regard pour lui rappeler son rôle, mais elle ne le vit pas. Elle fouillait dans son sac.

— Je vous ai apporté ça, Yolanda…

Mary tendit à la mère de Costa le premier flacon de parfum qu'elle avait acheté de sa vie. Un peu embarrassée parce que c'était clairement un cadeau de dernière minute, mais satisfaite de l'élégance du paquet.

— Mais mon anniversaire n'est que dimanche !

— Je sais. C'est juste pour vous remercier de m'accueillir.

— Mary !

La mine réjouie, Yolanda ouvrit le paquet puis vaporisa un peu de parfum devant elle et le huma.

— J'adore !

Elle en vaporisa sur son cou et ses poignets, puis pour plaisanter sur le bras de Costa qui roula les yeux.

Les yeux brillants, elle se tourna vers Mary et la regarda vraiment pour la première fois. Costa et elle avaient les mêmes yeux.

— Assez parlé de Roula. Costa a raison. C'est très indélicat de ma part d'en parler devant vous. Dites-moi, Mary, depuis combien de temps connaissez-vous mon fils ?

— Quelques mois, répondit Mary en souriant.

— Et vos parents l'ont-ils rencontré ?

Costa donna une petite tape à sa mère, qui se tourna vers lui sans comprendre l'avertissement.

— Qu'y a-t-il de mal à demander ça ?

— Mary a perdu ses parents.

— Oh ! non !

Ce fut un cri du cœur. Yolanda semblait si bouleversée que Mary se haït. Dire qu'elle était en train de jouer la comédie à cette femme… Accablée de remords et rattrapée par le stress accumulé toute la journée, elle sentit sa gorge se nouer. Oh ! non ! Elle était au bord des larmes. Et le pire c'était que Yolanda en était visiblement consciente.

— Oh ! Mary…

Yolanda se souleva de son fauteuil roulant dans l'intention manifeste de la serrer dans ses bras. Initiative très périlleuse… Parce que cette marque de compassion risquait de lui faire perdre le peu de sang-froid qui lui restait. Il ne manquerait plus qu'elle éclate en sanglots dans les bras de la mère de Costa !

— Laisse, intervint Costa en faisant signe à sa mère de se rasseoir.

Il secoua la tête. Comment le contrôle de sa vie pouvait-il lui échapper à ce point ? Sa mère, qui d'ordinaire jetait le mauvais œil à quiconque n'était pas Roula, était visiblement en train de se prendre d'affection pour son escort ! Laquelle était apparemment vierge et sur le point d'éclater en sanglots… Lui avait-il fait mal ?

— Ce que tu peux être froid par moments, le sermonna sa mère en se rasseyant.

Merci Costa ! songea Mary. Sans son intervention, elle n'aurait sans doute pas réussi à se ressaisir. Yolanda reprit la conversation d'un ton enjoué en posant une question moins risquée.

— Comment vous êtes-vous rencontrés ? Costa ne me dit jamais rien.

— Sur Internet, déclara Costa.

— Pas du tout ! protesta Mary avec un petit rire, persuadée qu'il plaisantait pour détendre l'atmosphère. Je sortais avec un ami commun, et il se trouve que…

Elle lança un coup d'œil à Costa. Il la foudroya du regard, mais il vint quand même à sa rescousse.

— Mary était malheureuse avec lui, et je le lui ai fait remarquer.

— Ça ne m'étonne pas de toi ! s'exclama Yolanda en pouffant. Attendez, j'ai quelque chose à vous faire goûter.

Costa sentit le regard de Mary sur lui tandis que Yolanda disparaissait dans la maison.

— Qu'est-ce que c'est que cette histoire ? demanda-t-elle. Nous nous étions mis d'accord…

Il soutint son regard réprobateur. Puis, toujours perturbé par sa révélation, il n'eut pas l'énergie de mentir.

— L'accident avec la porte ? En réalité c'était une bagarre. Avec Ridgemont. Ou plutôt avec ses gorilles.

Mary ouvrit de grands yeux.

— À cause du contrat du Moyen-Orient ?

— Non ! À cause de quoi, à ton avis ? Apparemment, il n'était pas ravi que la femme avec qui il était arrivé soit repartie avec moi.

— Je ne t'ai jamais demandé de te battre pour moi.

— J'aurais défendu n'importe quelle femme qu'il aurait insultée de cette manière, rétorqua-t-il d'un ton rogue.

Mais pour être honnête, peut-être pas avec ses poings… Il croyait cette époque révolue depuis longtemps.

— Maintenant, goûtons le *baklava* avec le sourire, ajouta-t-il en voyant revenir Yolanda. Je déteste ça.

— Ma recette secrète, dit-elle à Mary. J'en ferai encore d'autres demain.

— À quoi bon faire appel à un traiteur si tu passes la journée à cuisiner ? demanda Costa.

— Tout le monde aime mon *baklava*.

Elle lui donna une part, puis elle en coupa une pour Mary.

— Goûtez.

— Oui, merci !

Mary s'empressa de faire honneur au contenu de son assiette pour compenser le manque d'enthousiasme de Costa.

— Waouh ! C'est délicieux ! s'exclama-t-elle sans exagération.

— Costa ? demanda Yolanda.

— C'est bon, dit-il sans avoir mangé une seule bouchée. Oh ! voilà Nemo. Je vais aller lui parler.

Rester seule en compagnie de Yolanda n'avait rien d'embarrassant, constata Mary. Au lieu de l'assaillir de questions, la mère de Costa la laissa déguster tranquillement sa part de *baklava* et celle de Costa. Puis elle finit quand même par demander :

— Qu'est-il arrivé à Costa ? Pourquoi ces traces de coups sur son visage ? Et s'il vous plaît, ne me dites pas qu'il s'est cogné dans une porte.

— À moi aussi il a parlé d'une porte.

— En réalité, je ne devrais pas m'inquiéter. Costa finit toujours par avoir le dessus. Tout ce qu'il entreprend, il le réussit. À l'époque où nous n'avions pas d'argent, il se débrouillait toujours pour que je puisse voir le médecin et avoir des médicaments.

Yolanda promena son regard autour d'elle.

— Il a transformé Anapliro, mais je ne sais pas comment il a fait…

Mary resta silencieuse. Que dire ?

— En fait, reprit Yolanda, il est né sous une bonne…

— Il a surtout énormément travaillé pour en arriver là, coupa Mary d'un ton plus vif qu'elle ne l'aurait voulu.

Elle en avait assez d'entendre parler de la bonne étoile de Costa ou du don qu'il aurait de tout transformer en or. Ou de l'entendre traiter avec mépris de « nouveau riche » comme l'avait fait Ridgemont. Il n'avait certainement pas transformé l'île d'un simple claquement de doigts. Le secret de sa réussite c'était le travail. Mais elle ne s'en prenait pas à la bonne personne… Devant la mine interloquée de Yolanda, elle se maudit.

— Excusez-moi…

Quand Costa revint, elle demanda où se trouvaient les toilettes et s'éclipsa. Par discrétion pour les laisser seuls un instant, Yolanda et lui, mais aussi pour cacher son embarras. Pourquoi ne s'était-elle pas contentée de hocher la tête en souriant poliment à Yolanda ? C'était ce genre d'attitude que Costa attendait d'elle. Il ne fallait pas oublier qu'elle était là pour jouer un rôle.

Sauf que ce rôle lui plaisait un peu trop et qu'elle avait tendance à le confondre avec la réalité.

9.

Sur le chemin du retour, une énorme lune presque pleine faisait danser des reflets d'argent sur la mer.

— On dirait une grosse boule de chocolat blanc, dit Mary en rompant le silence. Enfin, une boule de chocolat blanc dans laquelle quelqu'un aurait mordu.

Costa ne sourit pas. Il n'eut aucune réaction.

— Nous pourrions peut-être parler ? suggéra-t-elle.

— De quoi ?

— Je... J'ai juste besoin de savoir ce que tu penses...

— Mary, tu voudrais discuter comme s'il y avait entre nous une relation à sauver ? Je te rappelle qu'il n'y en a pas. Il n'y a rien du tout. La seule chose que j'ai besoin de savoir c'est si je t'ai fait mal.

— Non. Enfin... à peine. Et c'était quand même très bien.

— Pourquoi es-tu ici, Mary ? L'argent ?

— Oui. Et pour un week-end de soleil et de fête...

— Bravo pour tes talents de comédienne, en tout cas. Y compris avec Yolanda. Le parfum, le grec...

— J'ai pris mon rôle au sérieux, répliqua-t-elle en s'efforçant de masquer son inquiétude.

En réalité, elle avait été elle-même. Et il avait manifestement détesté ça...

— Je crois qu'on appelle ça la méthode de l'Actors Studio, ajouta-t-elle. Un jour j'ai pris un livre à la bibliothèque. Je suis désolée si je t'ai induit en erreur.

— Induit en erreur ? Tu es une menteuse, Mary ! Une

menteuse très douée. C'est ton droit. Je ne te juge pas. Il m'est arrivé de mentir pour réussir. Mais puis-je te suggérer qu'il vaut mieux éviter le sexe sans lendemain quand on n'a aucune expérience en la matière ?

— Justement, je voulais en faire l'expérience. Je t'assure. Je me sens bien en ta compagnie et j'avais envie de passer un week-end à faire la fête et l'amour.

— Je t'arrête tout de suite. Parce que non seulement je ne suis pas du genre à faire l'amour, mais au moment de goûter au sexe, tu as changé d'avis. Tu t'es sentie dépassée.

— Non.

— Je te rappelle que j'étais là !

— Si je t'ai arrêté ce n'est pas parce que j'avais changé d'avis ou eu peur d'avoir mal… enfin… peut-être un peu…

Elle inspira profondément.

— Je ne sais pas comment te le dire.

— Avec franchise, pour une fois !

— Eh bien, je ne voulais pas… Je ne voulais pas mettre ma santé sexuelle en danger avec un coureur comme toi !

Voilà, c'était dit.

Costa resta sans voix. Décidément, cette femme était l'être le plus déroutant qu'il avait jamais croisé !

— Je sais depuis le départ qu'il n'y a pas d'avenir pour nous poursuivit-elle. Je l'accepte.

— Oh ! tu l'acceptes ? Mary, il n'y a jamais eu la moindre possibilité de négociation.

Bon sang, elle était exaspérante ! Mais s'il était furieux c'était avant tout contre lui-même, il fallait bien le reconnaître. Si elle n'avait pas fait marche arrière, il serait allé jusqu'au bout dans la piscine… Or il ne pratiquait jamais le sexe sans protection. Jamais.

— Est-ce que tu prends la pilule, au moins ?

— J'ai commencé le jour même où j'ai décidé d'accepter ta proposition.

Il laissa échapper un petit rire incrédule.

— Je dois avouer que je t'admire, Mary. Tu n'as pas froid aux yeux.

— Peut-être…

— Peut-être ? Un saut du grand plongeoir, une soirée d'anniversaire en compagnie d'une brute épaisse, un week-end en Grèce en tant qu'escort alors que tu n'as jamais…

Il plissa les yeux.

— Espérais-tu que ça durerait plus longtemps qu'un week-end ?

— Maintenant tu penses que je suis ici pour te piéger ?

— Je ne sais pas quoi penser, figure-toi !

Et d'ailleurs mieux valait éviter de trop penser, décida-t-il. Parce qu'elle recommençait à l'émouvoir. Comme la première fois qu'il l'avait vue, au restaurant, quand elle s'était présentée comme « Mary de Londres ». Ce soir-là, c'était parce qu'elle l'avait étrangement ému qu'il avait renoncé à exécuter son plan. Et ce n'était pas la seule fois où elle avait perturbé ses projets…

— Je ne veux pas m'engager. Avec personne. Je ne veux pas d'une relation, dit-il alors qu'ils arrivaient à la villa.

— Tu me l'as déjà dit. Plusieurs fois.

— Eh bien je le répète. Je ne veux pas d'une relation. Or entre nous ça commence à ressembler à ça. Je ne veux pas de la dramatisation inévitable qui va avec. Je vais dire à Yolanda que nous avons rompu.

— Quelle raison vas-tu donner ?

— La vraie. Que nous sommes totalement incompatibles.

Dans le silence qui suivit, Costa réprima une moue de dérision. Dire qu'il s'attendait à des protestations, et même à des supplications ! Non seulement elle ne disait rien, mais elle restait impassible.

— Demain matin, je demanderai au pilote de l'hélicoptère de t'emmener à Thira. Je peux te réserver une chambre d'hôtel à Athènes, si tu veux.

Elle resta silencieuse.

— Tu pourras de nouveau manger tout le chocolat du minibar, plaisanta-t-il pour masquer sa perplexité.

Toujours aucune réaction.

— Mary, je t'assure qu'il vaut mieux éviter de coucher avec des hommes comme moi.

— Laisse tomber, répliqua-t-elle d'un ton sec. Crois-moi, ce n'est pas la première fois que je suis renvoyée avant d'avoir eu le temps de défaire mes bagages. C'est une vieille habitude. Je n'ai pas besoin qu'on me dise une fois de plus que je ne suis pas la personne qui convient.

Pas de larmes. Pas la moindre trace d'amertume dans sa voix. Costa était toujours au comble de la perplexité quand elle demanda :

— Tu préférerais vraiment que je n'aie aucun sentiment pour toi ?

— Ce qui veut dire que tu en as ?

— Pas des grands sentiments, rassure-toi. Juste une certaine… sympathie. Mais tu as raison sur un point. Nous sommes incompatibles. Je ne veux surtout pas d'une vraie relation avec toi. Je veux un homme qui envoie des cartes, qui offre des fleurs et des ballons…

— Pourquoi cette obsession des ballons ?

— Il se trouve que je les aime. Et je n'ai pas envie de sexe sans émotion ni conversation. Je voulais juste jouer à avoir une relation et m'entraîner avec toi.

— T'entraîner ?

— Oui. Passer de bons moments au soleil, faire l'amour, rire et être complice avec quelqu'un, même si c'était seulement pour deux jours. Mais là j'ai compris, merci. Je ne me glisserai pas dans ta chambre au milieu de la nuit. Et ce n'est pas un drame. J'ai été seule toute ma vie. Une nuit de plus ou de moins, ça n'a aucune importance. Mais à Athènes je ne resterai pas dans ma chambre à vider le minibar. Je sortirai, j'irai danser… J'expérimenterai le sexe sans émotion que tu apprécies tant. *Gia parti mou !*

— Tu as terminé ?

— Non. Je partirai demain matin, mais je suppose que tu t'arrangeras pour être sorti à ce moment-là. Alors je vais te dire quelques vérités maintenant. Ça aurait fait plaisir à ta mère de recevoir une carte de toi.

Il haussa les épaules.

— Oh si, ça lui aurait fait plaisir. Et elle aimerait bien savoir ce qui est arrivé à ton visage…

— Elle n'a pas besoin de savoir pour Ridge…

Il ne parvint pas à prononcer le nom en entier.

— Dis-lui juste que tu t'es bagarré avec l'homme qui me rendait malheureuse. Je t'assure qu'elle imagine bien pire.

— Et maintenant, tu as terminé ?

— Non ! J'aurais été fantastique ! J'aurais été la meilleure fausse petite amie du monde ! Ce n'est pas moi qui essaie de changer les termes du contrat. C'est toi qui es trop lâche pour te laisser aller, même le temps d'un week-end.

Il ne dit rien.

— Bonne continuation ! lança-t-elle en se dirigeant vers la chambre d'amis. *Adio !*

10.

Mary se déshabilla, s'assit sur le lit et consulta le menu. Tout était ultra-sain… Quoi de plus déprimant ? Mais dans un centre de thalassothérapie ce n'était pas très étonnant. Elle consulta le menu de nuit et reprit espoir. Apparemment, de 23 heures à 5 heures, certains clients craquaient… Frites, burgers, *souvlakis*, et même *sokolatopita* « gâteau au chocolat grec traditionnel, servi avec de la glace à la vanille ». *Oooh !*

Sauf qu'en réalité ce n'était pas de chocolat qu'elle avait faim. Malgré son irritation contre Costa, tout son corps vibrait de frustration. Et puis elle était triste. Ce n'était pas seulement Costa qu'elle adorait. Elle s'était déjà attachée à Yolanda. Demain l'hélicoptère l'emmènerait à l'aube et elle n'irait pas à la fête. Et elle ne rencontrerait jamais la « pauvre Roula »…

Incapable de trouver le sommeil, Mary resta allongée sur le lit pendant une éternité sans fermer l'œil une seule seconde. Finalement elle se leva, ouvrit son sac et prit son précieux magnet. Combien de fois avait-elle décidé de le mettre sur le réfrigérateur dès la première nuit qu'elle passait dans un nouvel endroit ? Il fallait respecter la tradition. Cependant, sa suite avait beau être luxueuse elle n'y trouva pas de réfrigérateur. Elle tendit l'oreille. Pas un bruit. Et le rai de lumière qui passait sous la porte avait disparu depuis longtemps. Costa dormait. Elle s'enveloppa dans une serviette et sortit de la chambre avec précaution, déterminée à fixer le magnet sur le réfrigérateur. Elle le reprendrait juste avant de partir.

— Oh !

Costa était affalé sur un canapé dans le salon, les mains derrière la tête, dans la pénombre.

— Excuse-moi, je croyais que tu étais couché.

Costa leva à peine les yeux vers Mary alors qu'elle se dirigeait vers la cuisine à pas feutrés. Si elle s'imaginait qu'il allait se laisser manipuler…

— Je ne vais pas te déranger, dit-elle.

Raté. C'est justement ce que tu es en train de faire.

— Je pose juste mon magnet.

Tu ne pourrais pas te taire ?

— Il me suit partout. Sinon je ne peux pas dormir.

Il arqua les sourcils. Curieux… Mais ce qu'elle faisait ne l'intéressait pas. Il se concentra sur le ciel étoilé. Cependant, même s'il ne l'avait aperçue qu'une demi-seconde, la silhouette gracile de Mary moulée dans une serviette nouée juste au-dessus de ses seins restait imprimée dans son esprit.

— Je vais commander à manger, annonça-t-elle en repassant devant lui dans l'autre sens.

Il eut soudain mauvaise conscience. Elle était son invitée et elle n'avait pas dîné.

— N'hésite pas à commander tout ce que tu veux…

Il commit l'erreur de lever les yeux et rencontra son regard saphir. Une flèche de désir le transperça. Il fut transporté dans la piscine. La main innocente de Mary se refermait sur son sexe… *Va te coucher. S'il te plaît, va juste te coucher !*

— J'ai envie de prendre un *souvlaki*, et puis je veux goûter le gâteau au chocolat…

— Commande ce que tu veux, bon sang !

Les yeux saphir lancèrent des éclairs, et Mary quitta le salon d'un pas vif. *Bonne nuit.* Il soupira. Les *grylos* – ou les crickets, comme elle dirait – chantaient à tue-tête, cette nuit. Il fallait tendre l'oreille pour distinguer le murmure apaisant de la mer… Et les bruits éventuels provenant de la chambre d'amis. Parce que c'était surtout ça qu'il guettait. À quoi bon se mentir ? Il n'entendait rien. Pas un mouvement. Pas un sanglot. Parce qu'elle avait failli pleurer plus tôt dans la soirée. Il en était sûr. Il se leva et alla dans la cuisine. Ce magnet… Sur combien de réfrigérateurs avait-il été fixé ? De quoi avait-il été témoin ? « À la dérive. » Pas question d'en rester là. Il avait encore des questions pour Mary de Londres. Il frappa à sa porte et entra sans attendre de réponse. Elle était debout, le téléphone de la chambre dans une main, le menu dans l'autre, nue. Elle ne chercha pas à se couvrir avec la serviette posée sur le lit. Elle se contenta de le regarder.

— Tu as commandé ?

— J'étais sur le point de le faire.

Comment pouvait-elle répondre avec autant de naturel alors qu'elle était complètement nue ? se demanda Mary avant d'ajouter :

— Tu veux que je te commande quelque chose ?

— Pose ce téléphone, Mary.

— Je vais encore avoir droit à un sermon ?

— Non. Qu'est-ce qui t'a bouleversée ce soir chez Yolanda ?

— Je suis obligée de choisir une seule chose ? Il y en a eu tellement…

— Mary, tu sais aussi bien que moi de quel moment je parle. Tu as failli éclater en sanglots.

— Non.

— Mary ?

Elle hésita. Si elle lui demandait de sortir, il s'en irait aussitôt. Il n'y avait aucun doute là-dessus. Mais à quoi bon continuer à mentir ?

— Me parleras-tu de toi ?

— Non.

— Ce n'est pas très équitable.

Elle réfléchit rapidement. Avait-elle encore des raisons de garder son secret ? A priori non. Pas d'emploi à perdre, personne à offenser…

— Je t'ai menti. Je ne suis pas orpheline. Je ne méritais

pas que Yolanda me serre dans ses bras. Mon père est en prison. Je lui rends visite une fois par semaine.

— C'est lui l'engagement qui t'empêche de quitter Londres ?

— Oui. Il était ivre au volant au moment de l'accident qui a tué ma mère.

— Quel âge avais-tu ?

— Sept ans. C'était le jour où j'ai sauté du plongeoir.

— Et il est toujours en prison ?

— Pas pour ça. Il avait été condamné à une peine avec sursis. Mais il avait emprunté beaucoup d'argent pour payer les avocats. Par la suite il s'est passé quelque chose à son travail et c'est à ce moment-là qu'il a été emprisonné pour la première fois.

— Et le reste de ta famille ?

— Ma grand-mère a rompu les liens avec lui. Je ne sais pas si c'était définitif ou si elle était juste en colère, mais elle est morte et j'ai commencé à enchaîner les séjours dans des familles d'accueil… Il était fantastique autrefois. M. Raisonnable. C'était comme ça qu'on l'appelait. Je le vois toutes les semaines mais il me manque…

Cette fois Mary put accepter les bras qui se refermèrent sur elle.

— Je suis si seule, Costa. Je ne te demande pas de comprendre. Je sais que tu es imperméable à l'émotion…

— Merci, répliqua-t-il avec dérision.

Elle était nue dans ses bras, mais il n'avait aucun mal à garder son sang-froid. Ce n'était pas un moment de sensualité mais de compassion.

— Je ne suis pas venue avec toi ici parce que je cherchais une relation. J'avais envie de me retrouver en famille, je suppose… juste pour le week-end. Je ne jouais pas la comédie.

— Je sais.

— J'avais envie d'aller chez ta mère demain, de découvrir sa recette secrète du *baklava* et la faire avec elle…

Elle était honnête. Si honnête…

— Je voudrais aller à la fête et danser. Et ensuite je voudrais qu'on me ramène à la maison et qu'on me fasse l'amour.

— Et tu veux lui apporter une carte signée Mary et Costa ?

— Non. Juste Mary. J'ai acheté des boucles d'oreilles en coquillages à l'aéroport de Thira… mais ce sont des babioles pour touristes. Elles risquent de ne pas lui plaire.

— Qui sait avec Yolanda ?

Elle s'écarta de lui.

— Je voulais juste jouer à avoir une famille pendant quelques jours, et ensuite, que tu le croies ou pas, je voulais reprendre ma vie.

— Je comprends ça.

— Et toi ?

— Moi ?

Elle voudrait qu'il se livre un peu, il le savait… Mais il n'en avait aucune envie.

— J'ai réservé l'hélicoptère pour 10 heures, et une chambre avec la vue la plus belle sur l'Acropole.

— Ça vaut le coup de rompre avec toi ! plaisanta-t-elle.

Puis elle s'empressa d'ajouter :

— Même s'il n'y avait pas de relation ni rien du tout.

Costa hocha la tête. Tout se passait pour le mieux, il était soulagé… ou plutôt, il devrait l'être.

— Il faut que je mange…

La voix de Mary s'étrangla imperceptiblement et elle s'éclaircit la gorge.

— Je meurs de faim, ajouta-t-elle en prenant la serviette sur le lit pour se couvrir.

Il vit apparaître deux taches rouges sur ses joues et des marbrures sur son décolleté.

— Il faut que tu saches une chose, déclara-t-il. J'ai beau être un coureur, je ne t'aurais jamais mise en danger.

— Désolée de t'avoir dit ça… J'étais juste…

— Très en colère, je sais. Et moi aussi… mais contre moi-même.

Allons bon, il avait envie d'effacer du bout des doigts la chair de poule sur ses bras nus… Mais le plus perturbant c'était de voir les pointes de ses seins malgré l'épaisseur du tissu-éponge. Elles devaient être dures comme… Bon sang ! Il fallait qu'il sorte de cette pièce au plus vite.

— Je n'ai jamais eu de rapports sexuels non protégés, précisa-t-il.

— Bravo ! On applaudit Costa ! lança Mary.

C'était ce qu'elle ferait si elle ne retenait pas la serviette des deux mains… C'était tout de même incroyable. Elle avait passé un long moment nue dans ses bras, détendue. Et deux minutes plus tard, à deux mètres de lui et enveloppée dans une serviette, elle était bouillante de désir !

— Tu n'aurais couru aucun danger, insista-t-il d'une voix rauque.

— Ravie de l'apprendre.

— Tu ne courrais aucun danger.

Elle déglutit péniblement. Elle n'osait pas baisser les yeux sur sa braguette pour vérifier s'il était aussi excité qu'elle, mais à vrai dire c'était inutile. Ses yeux gris étincelaient de désir. Cependant, il restait immobile et silencieux. Ne l'avait-il pas prévenue dès le début que ce serait à elle de le rejoindre dans sa chambre si elle en avait envie ? De toute évidence il s'en tiendrait à ça.

— Je vais me coucher, dit Costa d'un ton neutre.

Pourvu qu'elle vienne le rejoindre ! L'hélicoptère était réservé. Demain elle ne serait plus là. Mais cette nuit il n'y avait aucune raison d'ignorer leur désir mutuel. Une nuit. Ça paraissait beaucoup moins risqué que deux. *Alors sors de cette chambre*. Au moment où il s'apprêtait à tourner les talons, Costa fut arrêté par une lueur de détresse dans les yeux de Mary. Non, il ne pouvait plus lui imposer de prendre l'initiative. Elle avait envie d'être désirée. Elle en avait besoin.

— Tu viens ?

Un sourire radieux illumina le visage de Mary, et elle poussa un petit cri de joie. Il la rejoignit en riant et la souleva de terre. Oh ! comme c'était bon… Mary s'accrocha au cou de Costa et la serviette tomba par terre. Tout en la portant vers le lit bleu marine si convoité, il demanda :

— Tu es sûre ?

— Tu sais bien que oui !

Elle savoura la douceur du velours quand il la déposa sur le lit. Puis, comme un magicien, il fit glisser le couvre-lit sous elle et elle se retrouva sur un drap en coton délicieusement frais. Elle le dévora des yeux pendant qu'il se déshabillait avec lenteur tout en promenant son regard sur elle. Quand il fut entièrement nu, elle prit le temps d'admirer encore quelques secondes son corps sublime avant de plonger son regard dans le sien. Costa fut fasciné par l'éclat des yeux saphir. On y lisait du désir mais aussi de la confiance. Et c'était la première fois que la confiance de quelqu'un ne le terrifiait pas. Parce qu'il ne sentait pas le poids de la responsabilité qui d'ordinaire en était indissociable. Il éteignit la lumière, laissant le clair de lune baigner la chambre de sa lueur pâle, puis il s'allongea à côté de Mary et remonta le drap sur eux. Il la fit pivoter vers lui, écarta les cheveux qui tombaient sur son visage et déposa un baiser sur sa joue. Puis sur son nez. Et enfin sur ses lèvres. Puis il l'embrassa vraiment, avec douceur et nonchalance.

— Ça va ? murmura-t-il au bout d'un moment.

Mary hocha la tête. Quand la bouche de Costa s'empara de nouveau de la sienne, elle poussa un petit gémissement approbateur. Il effleura son sein du bout des doigts, puis il caressa avec plus d'insistance son bourgeon hérissé tout en approfondissant son baiser. Au comble de l'excitation, elle creusa les reins instinctivement, impatiente de sentir sa main se glisser entre ses cuisses. Mais il resta concentré sur son sein, pinçant sa pointe durcie entre ses doigts ou la malaxant sous sa paume. Assaillie par des sensations si intenses qu'elles en devenaient presque insupportables, elle fut soudain secouée par une explosion de plaisir qui lui coupa le souffle. Sans cesser de l'embrasser, Costa la fit basculer sur le dos et prit place entre ses cuisses. Puis il s'arracha à sa bouche, le temps de plonger son regard dans le sien. Elle hocha la tête en réponse à sa question silencieuse et elle sentit la caresse de son sexe contre le sien. Électrisée, encore parcourue d'ondes de plaisir, elle se mit à onduler des hanches en gémissant tandis qu'il prolongeait cette caresse divine. Puis il s'immobilisa devant l'entrée du cœur de sa féminité. Elle hocha de nouveau la tête et attendit la douleur inévitable. Fulgurante, celle-ci lui arracha un petit cri étranglé. Mais elle s'estompa bientôt, effacée par la joie indicible de sentir Costa en elle.

Costa se maudit. Il avait été trop rapide, trop brusque… Mais c'était une expérience si intense… trop intense… Le souffle court, luttant pour résister au raz-de-marée qui menaçait de le balayer, il regarda Mary avec inquiétude. Mais au lieu de le foudroyer du regard comme il le craignait, elle lui sourit. C'était un sourire qu'il voyait pour la première fois sur ses lèvres… non, sur son visage. Un sourire radieux.

— S'il te plaît, continue, murmura-t-elle.

Avec un soulagement intense, il cessa de se retenir tandis qu'elle nouait les jambes sur ses reins. Mary s'abandonna sans réserve au tourbillon qui l'emportait. Chaque coup de reins de Costa la rapprochait d'un plaisir qu'elle pressentait encore plus prodigieux que celui qu'elle venait de vivre. Savourant la dureté de ses muscles sous ses doigts, elle promena les mains sur son dos puis les referma sur les fesses splendides qu'elle avait admirées pendant qu'il se déshabillait. Il laissa échapper un grognement qui la galvanisa et le rythme endiablé de leur danse lascive s'accéléra encore. Le plaisir qui déferla en elle fut si intense qu'elle crut défaillir. Presque aussitôt Costa la rejoignit avec un cri qui mit le comble à sa jouissance.

11.

Costa savourait la chaleur du corps de Mary blottie contre lui, la caresse de son souffle sur son torse et le désordre du lit défait. Le dessus-de-lit en velours était invisible, le drap du dessus avait glissé par terre, et ils s'étaient enveloppés dans le drap du dessous. Un coup frappé à la porte annonça l'arrivée de l'employée qui apportait le petit déjeuner. Il lui demanda à travers la porte de le déposer dans le salon.

— *Kalimera*, dit Mary en souriant.

— *Kalimera. Ti kanis ?*

Elle plissa le front.

— Je sais ce que ça veut dire, mais je ne sais pas répondre en grec. Ça va très bien, merci.

— Tu es sûre ?

— Absolument.

— Pas de regrets ?

— Aucun. Enfin, à part le gâteau au chocolat que j'aurais bien aimé goûter…

Il pouffa.

— Il y en aura plein ce soir, dit-il en tendant la main pour prendre son téléphone sur la table de chevet. Je vais annuler l'hélicoptère et…

— Non. Ne fais pas ça.

— Pourquoi ? Je croyais que tu avais envie d'aller à une fête ?

— Oui.

— Tu peux passer la journée à l'institut de beauté du centre…

— Et que ferai-je d'autre ?

Costa fut tenté de prendre la main de Marie et de la poser sur son sexe pour lui montrer quoi d'autre. Mais mieux valait éviter, décida-t-il.

— Qu'est-ce que tu as envie de faire, Mary ?

— Apprendre à te connaître un peu mieux, passer du temps avec toi, discuter… Tout ce que tu détestes.

— C'est inutile.

— Pourquoi ?

— Tu sais bien que nous n'avons aucun avenir.

— Oui, bien sûr. Mais j'en ai assez des instituts de beauté.

— Alors nous passerons la journée au lit.

— J'ai vraiment envie de pouvoir discuter un peu entre deux… Il vaut mieux que je m'en aille

— Comme tu veux.

Elle se leva, prit quelque chose dans sa valise et gagna la salle de bains. Un moment plus tard, lorsqu'il entendit que l'eau de la douche arrêtait de couler, il alla dans le salon, servit deux cafés, emporta les deux tasses et une assiette de pâtisseries dans la chambre et se remit au lit.

— Tiens un café, dit-il en lui tendant une tasse quand elle sortit de la salle de bains dans un deux-pièces minuscule.

— Non, merci.

Mary alla dans le salon, se servit un jus de fruit, puis se confectionna un sandwich au fromage et le mangea sur place. La nuit avait été encore plus magique que dans ses rêves les plus fous et elle en chérirait le souvenir toute sa vie. Mais elle faisait partie d'un contrat qu'elle ne pouvait plus honorer. À présent il lui fallait trouver la force de dire au revoir. Avec le sourire. Sans verser une larme. Elle finit son sandwich, but son jus de fruit et prit une profonde inspiration avant de retourner dans la chambre bleu marine. *Courage !*

— L'hélicoptère est réservé pour 10 heures ? demanda-t-elle comme si elle vérifiait l'horaire d'un bus.

— Exact.

Elle sortit un tube de crème solaire de son sac.

— Bien. Je vais passer une heure à la plage et, ensuite, à nous deux Athènes... Finalement, je vais rester dans ma chambre et faire une razzia dans le minibar. Alors j'espère que tu m'as vraiment réservé une chambre avec une vue exceptionnelle.

— Je ne te comprends pas, Mary. Tout ce sur quoi nous nous étions mis d'accord...

— A changé, coupa-t-elle.

— À cause de ce qui s'est passé ici ? demanda-t-il en indiquant le lit défait.

— Non, à cause de ce qui s'est passé là...

Elle fit un geste en direction de la chambre d'amis.

— Je me suis confiée à toi, et c'était merveilleux d'être écoutée sans me sentir jugée, dit-elle tout en s'enduisant les jambes de crème. Mais si tu ne peux pas te confier à ton tour, ne serait-ce qu'un tout petit peu, je préfère en rester là.

Elle enfila une robe bain de soleil ample – la seule tenue lui appartenant qu'elle avait apportée – un chapeau à bords souples choisi par Leo, et les lunettes de soleil qu'elle avait achetées à l'aéroport.

— Tu veux vraiment partir ?

— Oui. Merci pour cette nuit extraordinaire. Sincèrement. Et s'il te plaît, transmets mes amitiés à Yolanda...

— Elle va être très déçue...

— Oh ! je t'en prie ! lança-t-elle d'un ton sarcastique en recueillant une grosse noix de crème au creux de sa paume. Tout le monde va être ravi de te voir arriver sans l'étrangère. Et je suis sûre que tu géreras très bien la situation.

Peut-être, mais tout à coup il ne pensait plus du tout à la fête ni aux attentes des gens de l'île... Toute l'attention de

Costa était accaparée par Mary, qui bavardait tranquillement en appliquant de la crème sur ses cuisses.

— Tu n'as pas besoin de mettre autant de crème, déclara-t-il sans parvenir à dissimuler son agacement.

— Si. J'attrape facilement des coups de soleil. Tu ne seras pas là quand je reviendrai, je suppose ?

— Il faut que j'aille chez le barbier, puis que je me fasse enlever mes points de suture et…

Pourquoi lui détaillait-il son emploi du temps ? se demanda Costa. C'était ridicule…

— Non, je ne serai pas là.

Voilà c'était la fin. Mary regarda Costa, qui boudait au lit. Oh ! comme elle avait envie de le rejoindre ! Si seulement elle était capable d'anesthésier son cœur jusqu'à la fin du week-end ! Mais c'était déjà beaucoup trop dur de partir. Elle avait vraiment acquis quelques rudiments de grec et elle avait choisi la formule d'adieu qu'elle espérait la plus appropriée.

— *Sto kalo !*

Ni « Au revoir », ni « À bientôt », ni « On se donne des nouvelles ». Elle lui souhaitait juste bonne chance.

— Toi aussi.

Alors que Mary se tournait vers la porte, Costa la rappela.

— Mary ? Il y a quelque chose pour toi dans le tiroir du haut.

— Quoi donc ?

— Un téléphone. Tu en auras besoin pour chercher du travail.

— Waouh ! s'exclama-t-elle avec moins d'enthousiasme qu'à l'ordinaire.

Elle n'ouvrit même pas le tiroir pour regarder dedans.

— Merci.

Voilà, il pouvait respirer, songea-t-il quand elle eut quitté la chambre. Sauf que le parfum de noix de coco de sa crème solaire flottait encore dans l'air… Et son magnet était toujours sur le réfrigérateur, constata-t-il quelques minutes plus tard en allant dans la cuisine. Par la baie vitrée il la regarda marcher sur sa plage privée. Elle ramassait des coquillages et les mettait dans son chapeau, perdue dans son monde à elle au lieu de jeter des regards anxieux derrière elle vers son monde à lui. Elle construisait elle-même son propre bonheur. Et il l'admirait.

Mary caressait le projet de transformer sa vie bien avant leur rencontre. Ce week-end n'avait fait qu'accélérer les choses. Elle avait enlevé sa robe et s'aventurait dans l'eau… Peut-être ferait-il bien de jouer les surveillants de baignade et de garder un œil sur elle. Après tout, elle ne savait pas nager. Mais, bon, apparemment elle ne s'éloignait pas trop du bord et se contentait de s'asperger…

L'eau était délicieuse ! Et si claire qu'on voyait des poissons filer comme des flèches. Mais elle était dedans jusqu'à la taille, à présent… Il valait mieux arrêter d'avancer. Dire qu'elle était sur le point de partir… C'était beaucoup trop tôt et ça lui broyait le cœur. Elle prit de l'eau au creux de ses mains pour s'asperger le visage. De toute façon, aujourd'hui, demain ou dans un an, quelle différence ? Ce serait toujours aussi douloureux de partir. Pas de quitter cet endroit pourtant enchanteur. Non, ce serait toujours aussi douloureux de quitter Costa. Tout à coup il y eut un mouvement dans l'eau. Puis un grand éclaboussement. Elle n'eut pas le temps de se retourner. Ni de crier. Des bras puissants la soulevèrent hors de l'eau, et son cœur faillit éclater de joie.

— Costa !

Il la souleva plus haut puis il la laissa retomber dans la mer. Elle s'enfonça sous la surface mais aussitôt il la saisit par les bras et la hissa hors de l'eau en riant.

— Qu'est-ce qui t'a pris ? lui demanda-t-elle, le souffle court.

— Je n'ai pas pu résister.

Ils restèrent un moment à se regarder en souriant, puis le bruit de l'hélicoptère se fit entendre.

— Je veux que tu sois là ce soir, reconnut Costa. Que tu aies la fête dont tu avais envie.

Et si ça impliquait de partager sa vie avec elle pendant un petit moment, c'était un prix qu'il était prêt à payer.

Ils s'amusèrent encore un peu dans l'eau, ils s'embrassèrent comme de vrais amants, puis couverts de sable mouillé ils regagnèrent la villa.

— Nous allons faire un tour sur la colline, dit Costa.

Mais elle se figea à la vue de Nemo.

— Je ne veux pas qu'il nous conduise, murmura-t-elle.

— Non, non. Il est venu chercher tes bagages. Je vais lui dire qu'il y a eu un malentendu.

Nemo ne sembla pas ravi de la nouvelle et lança un regard appuyé à Mary avant de s'en aller.

Une fois l'hélicoptère décommandé, ils prirent un des scooters du centre.

— Il ne faut pas mettre des casques ? demanda Mary.

— Je ne suis même pas sûr qu'il y en ait sur l'île...

Il secoua la tête en riant, mais l'expression inquiète de Mary l'arrêta. Et à cet instant, quelque chose changea en lui. Tout changea.

— Je vais en trouver.

Quelques instants plus tard, ils mirent chacun leur casque et Mary noua les bras autour du dos nu de Costa, ivre de bonheur. Ils longèrent la côte pendant quelques kilomètres avant de prendre la route qui grimpait dans la colline. L'air y était plus frais et la vue sur la baie spectaculaire. Costa s'arrêta un instant pour lui montrer un *theatron*.

— C'est ici que nous nous entraînions Galen et moi pour être prêts pour le service militaire.

— On peut y descendre ?

— Pas le temps.

Ils repartirent, et au bout de quelques kilomètres Costa s'arrêta devant un restaurant.

— Notre tout dernier concurrent, annonça-t-il en lui tendant la main. Viens.

Il n'y avait pas de clients à l'intérieur, mais le personnel s'affairait pour préparer le service du soir. Le chef sortit de la cuisine.

— Costa Leventis ?

Les deux hommes bavardèrent un instant, puis le chef repartit dans la cuisine.

— Je lui ai dit que nous voulions goûter un peu de tout, expliqua Costa. Il nous prépare un panier.

— Pour un pique-nique ?

— Oui.

— C'est par ici que vivait ta *yaya* ?

— Un peu plus haut. C'est là que nous allons.

Le chef revint avec un panier à pique-nique isotherme, que Costa attacha à l'arrière du scooter. Une quinzaine de minutes plus tard ils quittèrent la route pour en suivre une plus petite fraîchement pavée. Costa arrêta le scooter, et ils marchèrent jusqu'à une grille qui s'ouvrit devant eux. Mary était au comble de la perplexité. Costa n'avait-il pas grandi dans la pauvreté ? Cette propriété était aussi luxueuse que n'importe quelle villa du centre. Et elle était entourée d'un parc à la végétation luxuriante, admirablement entretenu.

— Où sommes-nous ?

— C'est le cadeau de demain pour ma mère. Si tu savais le mal que je me suis donné pour que ça reste secret. Roula est la seule à être au courant.

Encore Roula ! Mary se força à sourire.

— Allons voir.

Costa sortit des clés de sa poche et ouvrit la porte. Ils parcoururent la villa, dont le décor alliait subtilement l'ancien et le moderne. Des antiquités côtoyaient une magnifique photo de Yolanda sur la plage, en train de rire parce qu'une vague l'éclaboussait. Sur la tablette de la cheminée blanche étaient posées d'autres photos, dont quelques-unes de Costa enfant, et même bébé joufflu, constata-t-elle, amusée. Il y avait aussi des photos de Yolanda plus jeune en compagnie d'amis.

— Y a-t-il des photos de ton père ? demanda-t-elle.

— Yolanda les fracasserait contre le mur. Je ne garde pas un très bon souvenir de lui.

Costa la prit par les épaules.

— Toi, tu en as de bons du tien, en revanche.

— Oui…

Elle hocha la tête. Ils commençaient à lui revenir, comme si ce bref éloignement lui permettait de voir le passé sous un angle différent.

— Il était toujours si équilibré… Aujourd'hui il n'est plus que l'ombre de lui-même.

— Pauvre homme.

C'était la première fois qu'elle entendait quelqu'un parler de son père avec bienveillance et à vrai dire c'était assez troublant. Ils quittèrent le parc et s'installèrent au bord d'un ruisseau un peu plus loin. Le ciel était clair et la vue splendide.

— Voilà ton gâteau au chocolat, dit Costa.

Dans le panier il y avait une multitude de spécialités exquises à goûter, et comme boisson de la *soumatha*, un sirop d'amande très rafraîchissant. Mary jeta un coup d'œil furtif à Costa. Malgré la souffrance de la séparation inévitable qui suivrait bientôt, ce jour resterait à tout jamais le plus beau de sa vie. Parce que Costa se livrait un peu.

— Les Kyrios possèdent ces terres, un peu plus bas. Le littoral occidental appartient à la famille Drakos. La famille Barrios est propriétaire de presque tout le village. Les Hatzis possédaient plusieurs hectares dans la colline derrière le centre. Et ici plus une partie du littoral, c'était aux Argyros. Ce sont les cinq familles qui se partageaient la plus grande partie des terrains de l'île il y a encore une quarantaine d'années. La terre ne valait rien à l'époque. Oh ! et Jimmy était propriétaire de l'hôtel, mais aujourd'hui il n'est plus ici.

— Jimmy ?

— Il était venu ici en vacances et il n'était pas reparti.

— Et la famille Leventis ?

— Ils n'avaient rien d'autre que leur mauvaise réputation. Ils sont partis sur le continent il y a longtemps mais il arrivait à mon père de revenir de temps en temps. C'était un marginal. Yolanda était une Argyros et elle s'est attiré des ennuis à quinze ans. Les ennuis c'était lui… et moi par la suite. Ils ont subi beaucoup de pressions pour se marier.

— De la part de ses parents à elle ?

— De la part de tout le monde. Je pense qu'il a essayé de se stabiliser. Il travaillait à Santorin. Et il gagnait bien sa vie à une époque, du moins selon les critères d'Anapliro. Il prenait le ferry tous les matins, mais au bout d'un moment il a commencé à oublier de rentrer le soir. Ma *yaya* était une femme cruelle. Elle punissait ma mère et elle l'accablait de reproches.

— Pour être tombée enceinte ?

— Pour ça, et pour les fugues de son mari, pour être malade, pour avoir besoin de médicaments… Elle s'est étranglée avec un os de poulet il y a quelques années, Dieu merci, sinon elle aurait vécu jusqu'à cent ans ou plus !

— Costa !

— Quoi ? Je suis dur parce que je ne fais pas semblant d'aimer quelqu'un qui ne le méritait pas ? Je faisais plein de petits boulots. Pour que ma mère ne manque jamais de médicaments. Et tous les six mois je l'emmenais à Athènes consulter un spécialiste.

— Tu faisais quoi ?

— Je pêchais des poissons, je les vidais, je les vendais… J'aimais la pêche de nuit et les pêcheurs qui la pratiquaient. À la même époque il m'arrivait aussi de faire la plonge dans des restaurants de Santorin. Je dormais sur la plage, et le matin quand les yachts sur lesquels les riches faisaient la fête toute la nuit revenaient au port, je les lavais au jet. Puis je suis parti à l'armée avec Galen, et à notre retour nous avons loué des bureaux minuscules à Athènes. J'ai commencé à acheter des parcelles de terrain à Anapliro pour des bouchées de pain dans l'intention d'exploiter le potentiel touristique de l'île. En évitant qu'elle tombe entre les mains de spéculateurs prêts à la défigurer. Je voulais développer l'économie locale mais sans tomber dans le tourisme de masse, et la plupart des habitants me faisaient confiance.

Mary était si heureuse de ces confidences qu'elle en oubliait de manger son gâteau au chocolat.

— J'avais aussi pris des parts dans l'hôtel de Jimmy, et je pouvais compter sur les terres des Argyros. Même si je n'en étais pas légalement propriétaire elles appartenaient à ma famille. Cependant, je ne disposais pas des fonds nécessaires pour exploiter ces terrains. Il fallait trouver des investisseurs. C'est par l'intermédiaire de Leo, pour qui je jouais les mannequins, que j'ai commencé à avoir mes entrées dans les clubs chics de Santorin. Petit à petit j'ai noué des relations avec les clients fortunés à qui je devais donner envie d'acheter ses créations. C'est comme ça que j'ai pu retrouver Ridgemont dans une soirée. Je n'ai eu aucun mal à engager la conversation avec lui. Et j'ai fini par faire des affaires avec lui…

Costa se tut. Jamais il n'avait autant parlé de lui ! D'ailleurs il en avait assez. Mais apparemment Mary l'avait compris… Il émit un murmure approbateur en sentant sa main descendre vers sa taille. Elle déboucla sa ceinture, ouvrit sa braguette et dénuda son sexe.

— Oui, dit-il d'une voix rauque alors qu'elle s'humectait les lèvres avec une gourmandise manifeste.

— Je ne sais pas comment on fait.

— Ne t'inquiète pas. Commence, et ça ira tout seul, tu verras.

12.

— Cinq minutes ! cria Mary en arrivant d'un rendez-vous de toute dernière minute à l'institut de beauté.

Costa était debout devant la baie vitrée, vêtu d'un pantalon noir et d'une chemise blanche ajustée qui soulignait ses muscles. Rasé de frais pour la première fois depuis leur rencontre, les cheveux brossés en arrière, il semblait différent. Et d'une beauté encore plus saisissante qu'à l'ordinaire. Dommage qu'ils soient sur le point de sortir… Elle lui arracherait bien ses vêtements.

— Tu t'es rasé !

— Non, je me suis fait raser.

— Tu es prêt ?

— À part ma montre…

— Tu ferais mieux de la trouver rapidement. Je n'en ai pas pour longtemps.

Elle courut dans la chambre, se déshabilla puis enfila tant bien que mal une culotte et un soutien-gorge de la collection d'été de Leo aussi minuscules l'un que l'autre. Elle mit la robe de soirée or pâle, chaussa les escarpins assortis et regagna le salon cinq minutes plus tard. Ils marchèrent jusqu'à la villa de Yolanda main dans la main, et ils firent une pause juste avant d'arriver le temps de s'embrasser langoureusement. Le bonheur absolu. La lumière des dizaines de bougies allumées dans le jardin était presque éclipsée par celle de la pleine lune, spectaculaire dans le ciel d'encre sans nuages. Il y avait du monde, de la musique, un buffet et une piscine turquoise qui brillait elle aussi dans la nuit. Mary promenait autour d'elle un regard émerveillé. Elle serait bien restée au lit avec Costa, mais elle était quand même rudement contente d'être sortie !

— Costa ! Mary !

Yolanda leur fit de grands signes.

— Vous êtes superbes tous les deux !

— Vous aussi, dit Mary. Votre robe…

— Leo, bien sûr, dit Yolanda avant de se tourner vers son fils. Je voulais mettre les boucles d'oreilles de *yaya*, mais je ne les trouve plus…

— Tu n'en as pas besoin avec cette robe.

— Vraiment ?

Il était adorable avec sa mère, songea Mary avec attendrissement. Il n'avait pas envie d'être là mais personne ne pourrait le deviner.

— Je t'offrirai ton cadeau demain, reprit-il. Le vrai jour de ton anniversaire. Pour l'instant…

Il donna à Yolanda la carte et le cadeau de Mary.

— Des faux cils ! s'exclama-t-elle avec un grand sourire.

— Vous pouvez les détacher et les utiliser, expliqua Mary.

Yolanda s'extasia sur les boucles d'oreilles en coquillages, puis elle tapota la joue de son fils.

— Tu t'es rasé. Et on t'a enlevé tes points de suture…

Mary se tourna vivement vers Costa. Elle n'avait pas remarqué ! C'était peut-être pour ça qu'elle le trouvait différent…

— Dis-moi ce qui s'est passé, demanda Yolanda.

Après une hésitation, il déclara :

— C'est l'homme qui rendait Mary malheureuse. Il m'attendait à l'aéroport.

Yolanda ouvrit de grands yeux, puis elle pouffa.

— Ha ! Un jour bagarreur et le lendemain en scooter avec un casque… Les gens ne te reconnaissaient pas !

Elle se tourna vers Mary.

— Bravo. Je lui ai répété un million de fois d'en mettre un.

Puis elle commença à lui présenter les invités les plus proches. Pendant les échanges de politesses, Mary sentit le bras de Costa se glisser autour de sa taille et sa main s'immobiliser au-dessus de sa hanche. Comment un geste aussi simple pouvait-il déclencher un trouble aussi intense ? se demanda-t-elle, obligée de fournir un effort immense pour se concentrer sur les paroles de Yolanda.

— Je vous présente Mia, la chef du centre dont vous pourrez goûter les spécialités ce soir…

— Enchantée.

— Et voici Roula.

Mary inspira profondément, se préparant à l'affrontement. Mais Roula était très différente de ce qu'elle avait imaginé. Bien que très belle, elle semblait tout faire pour le cacher. Elle était vêtue de manière très sobre, à part une pince à cheveux en argent ornée d'un énorme diamant.

Roula la serra dans ses bras.

— Oh ! Mary, je suis si heureuse. Costa amène enfin une femme ici et bien sûr elle est très belle.

Impossible de détecter la moindre pointe de perfidie ou d'amertume dans la voix de Roula, constata Mary. Mais tous les regards étaient braqués sur elles. Tous ! Toute l'assistance semblait retenir son souffle… Elle avait l'impression d'être entrée en scène au milieu d'une pièce de théâtre à l'intrigue très compliquée…

— Voici mon frère Nemo, dit Roula. Mais je suppose que vous vous êtes déjà rencontrés.

— En effet, acquiesça Mary en souriant. Il est venu nous chercher au ferry.

— Oui, toujours au travail, dit Nemo avec un sourire froid.

C'était une fête parfaite, songea Mary un peu plus tard. Certes il n'y avait pas de ballons, mais il y avait des rires, de la musique et un buffet extraordinaire auquel elle ne fit pas honneur parce qu'elle n'avait pas cessé de manger toute la journée. C'était le genre de soirée dont elle avait toujours rêvé.

— Je n'ai pas la moindre idée de ce que Costa a prévu pour demain, déclara Yolanda alors que tous les hommes se réunissaient pour danser en cercle. Vous êtes dans le secret ?

— Même si je l'étais je ne pourrais pas me résoudre à gâcher une surprise, éluda Mary en observant Costa du coin de l'œil.

Il venait de sortir du cercle pour rejoindre Roula. Et il s'éloignait avec elle... *Non !* Il lui avait dit qu'ils étaient amis et elle l'avait cru. Mais comment empêcher le doute de germer ? *Arrête ! Ce n'est pas ta vie*. Un moment plus tard Costa revint. Des verres se levèrent, d'autres s'entrechoquèrent. Le moment des discours était arrivé. Sauf que Yolanda semblait hésitante.

— Je serai brève, dit-elle. Parce que mon anglais ne me permet pas de me lancer dans un long discours mais que je veux parler anglais pour l'amie de Costa. De tout mon cœur, merci à tous d'être ici ce soir. J'avais vingt-cinq ans lorsque Stavros est parti. Deux semaines plus tard j'ai perdu la vue. Je pensais que ma vie était finie. Vingt-cinq ans plus tard, la vie n'a jamais été aussi belle... Costa, merci ! Je t'aime.

Un discours bref, émouvant... et stupéfiant ! La gorge nouée, Mary fit un rapide calcul. Vingt-cinq ans plus tôt, Costa avait dix ans ! Dix ans ! Au lieu de jouer et d'aller à l'école, il travaillait à la marina et il s'occupait de sa mère... Le reste de la soirée se déroula dans une sorte de brouillard. Costa porta un toast rapide à Yolanda mais celle-ci ne voulait vraiment pas d'autres discours. Si bien que quelques minutes plus tard la fête battait de nouveau son plein. Mary se retrouva dans les bras de Costa, mais une colère sourde montait en elle.

— Tu parles d'une bonne étoile ! Tu ne m'as jamais dit que tu étais aussi jeune quand tu dormais sur la plage...

— Mary, il ne m'est rien arrivé. Oui c'était dur, très dur

par moments, mais il ne m'est jamais rien arrivé de très grave. Je crois sincèrement que j'ai toujours été protégé.

Ils dansaient, mais la magie de la soirée s'était dissipée. Mary était incapable de fermer les yeux et de savourer l'instant. Elle partait demain. C'était une réalité accablante qui venait de se rappeler à elle sans attendre la fin de la nuit. La parenthèse enchantée s'était refermée prématurément. Comment allait-elle réussir à s'éclipser dans la légèreté comme elle s'y était engagée ? Elle n'en avait aucune idée. *Pourvu que Costa ne perçoive pas ma détresse. Pourvu qu'il ne se rende compte de rien…* Tout en dansant elle promena son regard autour d'eux. Nemo était visiblement de service. Tout dans son attitude indiquait qu'il était vigilant, prêt à intervenir au moindre problème. Elle croisa son regard et tressaillit.

— Que se passe-t-il ? demanda Costa.

— Rien…

— Dis-moi.

— Nemo. Je crois qu'il ne m'aime pas…

— Oublie ça, répliqua Costa en resserrant ses bras autour d'elle.

Elle s'efforça de retrouver un semblant de sérénité. En vain. Costa avait raison quand il l'avait traitée de menteuse. Parce qu'un week-end ne lui suffisait pas. Elle voulait beaucoup plus que ça.

13.

Le faux été précoce était terminé. Le ciel d'Anapliro avait troqué le bleu azur contre un gris argenté qui donnait à la mer moutonneuse des reflets ardoise. L'absence de soleil n'enlevait rien à la beauté du paysage. Mary le contemplait depuis le lit, dans lequel Costa et elle étaient couchés en cuillères. Il déposa un baiser sur sa nuque.

— Je te demanderais bien de m'accompagner à l'anniversaire surprise de Yolanda, mais j'ai prévu de profiter de notre tête à tête pour discuter avec elle…

— Bien sûr, je comprends.

— Malgré tout, si tu veux…

— Non, on a dit que j'avais quartier libre aujourd'hui, coupa-t-elle d'un ton délibérément enjoué. Je vais faire les boutiques, me promener sur la plage…

— J'ai compris, tu n'as pas envie de changer tes projets.

Il se leva, prit sa douche et s'habilla. Elle lui souhaita une bonne journée, le cœur serré. Elle aurait adoré passer la journée avec Yolanda et lui, bien sûr. Mais sans doute valait-il mieux commencer à prendre des distances. La séparation serait peut-être moins douloureuse… Comment était-elle censée quitter cet homme qu'elle aimait ? Devait-elle trancher dans le vif et partir avant son retour ? Prendre le ferry pour Thira ? Disparaître purement et simplement ? Ce serait inélégant mais sans doute moins pénible pour elle. Encore que… Elle but un café. Il était fort mais sans effet. Rien ne pouvait l'aider à trouver la solution miracle.

Celle-ci n'existait pas. La mort dans l'âme, elle commença à faire ses bagages. Jamais cet exercice auquel elle était rompue depuis son enfance n'avait été aussi… déchirant. Abattue, elle était assise sur le lit devant sa valise encore à moitié vide quand on frappa à la porte. Il était revenu ! Folle de joie, elle faillit courir jusqu'à la porte entièrement nue. Non, il était peut-être avec Yolanda… Elle enfila un peignoir et alla ouvrir.

— Nemo ?

Elle arqua les sourcils. Que faisait-il là un dimanche en uniforme, accompagné d'une agente de sécurité en uniforme également ?

— Je vous présente ma collègue, déclara-t-il avec un regard froid. Il y a eu des plaintes. Certains objets précieux ont disparu.

Elle arqua les sourcils.

— Ici nous n'avons jamais eu ce problème. Du moins pas à…

— Ça date de votre arrivée. Je dois examiner vos affaires.

— Quoi ? s'exclama-t-elle, outrée. Il n'en est pas question !

Elle voulut fermer la porte mais il la bloqua avec son pied.

— Attendez au moins que Costa soit de retour !

— Yolanda m'a demandé d'intervenir pendant que son fils est avec elle. Elle a appris que vous étiez venue ici en tant qu'escort rémunérée. Je peux procéder à la fouille maintenant avec discrétion, ou bien je peux appeler la police.

Non seulement elle était soupçonnée de vol mais tout le monde savait qu'elle était rémunérée par Costa ? Y compris Yolanda ? Quelle humiliation ! Bien sûr, dans quelques minutes son innocence serait reconnue, mais quel stress ! Nemo et l'agente ne trouvèrent rien dans sa valise.

— Je vous l'ai dit…

Ils fouillèrent ensuite son vanity-case. Toujours sans succès. Puis Nemo prit son chapeau, qui se trouvait encore dans le dressing, et le déplia puis le secoua. En même temps que les coquillages qu'elle avait ramassés sur la plage, des boucles d'oreilles, une montre et une pince à cheveux en argent ornée d'un énorme diamant tombèrent sur le lit.

— Non ! s'écria-t-elle, affolée. Ce n'est pas moi qui ai pris ces bijoux !

— Ils sont tombés tout seuls dans le chapeau ?

— Bien sûr que non…

Le cœur de Mary battait si vite qu'elle était au bord du malaise. Ce n'était pas possible ! C'était un cauchemar ! Elle n'oserait même pas ramasser une pièce d'un cent dans la rue de peur d'être accusée de vol. C'était une hantise depuis que son père avait été condamné.

— C'est une machination.

— Que se passe-t-il, ici ?

Costa venait d'arriver en compagnie de sa mère.

— Oh ! Mary…, dit Yolanda.

La déception dans sa voix transperça le cœur de Mary. D'autant plus qu'elle portait les boucles d'oreilles en coquillages qu'elle lui avait offertes la veille au soir.

— La montre de *papou*… Les boucles d'oreilles de *yaya*…

Yolanda se mit à pleurer.

— Et la pince à cheveux que la pauvre Roula a perdue hier soir.

— Dehors immédiatement !

Le ton cinglant de Costa fit tressaillir Mary. Mais c'était à Nemo et à sa collègue qu'il s'était adressé.

— Voulez-vous que j'appelle la police ? demanda Nemo depuis le seuil de la pièce.

Costa lui répéta, beaucoup moins poliment, de s'en aller.

— Envoyez une voiture, intervint Yolanda en retrouvant ses réflexes de directrice du centre. Pas la police.

— Toi aussi, lui dit Costa quand les deux gardes furent partis. Va-t'en.

— Costa, écoute-moi. Nous avons des procédures pour ce genre de situation.

— Si tu ne sors pas, je te mets dehors moi-même.

Mary resta clouée sur place, osant à peine respirer, tandis que Yolanda manœuvrait son fauteuil pour quitter la pièce. Costa ferma la porte derrière elle et se tourna vers Mary, le teint grisâtre.

— Elle a fondu en larmes dans la voiture sur le chemin de la villa et elle m'a expliqué ce qui se passait ici. Disparition d'objets de valeurs, contrôle de tes antécédents judiciaires par Nemo…

— Mais je n'ai pas d'antécédents.

Costa resta silencieux, le regard fermé.

— Costa…

Mary prit une profonde inspiration.

— Tu sais que je n'ai jamais couché avec un autre homme, et tu sais que je ne volerais jamais.

— Même si nous nous étions rencontrés il y a deux mille ans, je pense que je ne comprendrais toujours pas comment tu fonctionnes.

Il regarda les objets sur le lit et secoua la tête. Il était furieux mais pour des raisons si diverses et contradictoires qu'il n'était pas sûr de comprendre ses propres réactions…

— Si tu avais besoin de plus d'argent tu aurais pu m'en demander, non ?

Mary ignora cette question. L'argent était loin d'être sa préoccupation majeure.

— Comment Yolanda est-elle au courant de notre arrangement ? demanda-t-elle d'un ton outré.

Cette pensée la rendait malade…

— Je l'ignore, répondit Costa en observant la valise moitié remplie.

De toute évidence, elle avait prévu de s'enfuir avec son butin. Dire qu'il avait prévu une soirée spéciale avec elle…

— Tu étais sur le point de partir, apparemment.

— Oui.

Mary était de nouveau recroquevillée sur elle-même.

L'assurance qu'elle avait acquise au fil des jours auprès de Costa s'était évaporée. Mais ça n'empêchait pas la colère de couver en elle.

Costa regarda Mary finir sa valise. Elle ne pleurait pas. Elle n'essayait même pas de se défendre. Elle avait juste cet air pincé… C'était insupportable. Parce que loin de rester indifférent comme à son habitude, il était anéanti. Incapable de s'emporter contre elle. Incapable d'envisager son départ… Il la prit par les épaules.

— Mary, écoute…

C'était la première fois qu'il était désespéré à l'idée de perdre quelqu'un… Jamais il n'avait demandé à une femme de rester dans sa vie. Au contraire, d'habitude il s'arrangeait pour qu'elles en sortent le plus tôt possible.

— Écoute, je refuse de te perdre à cause des boucles d'oreilles de Yaya. C'était une vieille rosse.

Il refusait de la perdre ? De quoi parlait-il ? Mary tremblait de colère et d'humiliation.

— Nous pouvons oublier ça, insista-t-il.

— Ta mère ne pourra pas.

— Je l'aime mais en ce qui concerne cette histoire ce qui compte avant tout c'est nous et le fait que je te pardonne.

— Quelle générosité de ta part ! railla-t-elle.

— Quoi encore ?

Costa réprima un juron. Quelle erreur avait-il commise ? Pourquoi s'écartait-elle de lui et s'habillait-elle ?

— Je te dis que nous pouvons oublier ça, que je…

— Je n'ai pas besoin que tu me pardonnes, Costa. J'ai besoin que tu me croies.

Elle ferma sa valise d'un geste décidé.

— Tu aurais dû me faire confiance.

— Je ne vois pas où est le problème. Je sais que tu te bats pour t'en sortir. Moi aussi je me suis battu autrefois. Et je te dis que je comprends ta situation.

— Oh ! non. Tu ne comprends rien. Je suis toujours la première qu'on accuse.

— Qui ça « on » ?

— Tout le monde. À l'école, dans les familles d'accueil. C'était toujours plus simple d'accuser Mary Jones. « Son père est en prison et elle est toujours à court d'argent. Oh ! et elle est un peu bizarre aussi, vous savez. »

— Et Mary Jones ment, lui rappela Costa. Elle ment beaucoup.

— Oui. Mais je t'ai expliqué à quel point ça m'a coûté de vous mentir à ta mère et à toi. Et ça n'avait rien à voir. À l'instant tu aurais dû prendre ma défense.

— Mary, insista-t-il en entendant arriver la voiture du centre. Depuis notre rencontre, tu n'as pratiquement jamais cessé de me mentir… Et aujourd'hui, parce que ça t'arrange, je suis censé croire que tu dis la vérité ?

— Je ne t'ai rien dit ! Tu ne m'as pas posé une seule question ! Tu es parti du principe que j'étais coupable.

Il fallait la laisser partir, se dit fermement Costa. Sauf qu'il avait envie de la garder auprès de lui.

— Mary…

Il la suivit jusqu'au seuil de la villa et la regarda se diriger vers la voiture d'un pas vif. Bien sûr il y avait plusieurs membres de l'équipe de sécurité. Et nul doute que sa mère était quelque part en train d'observer la scène elle aussi. Bon sang, par moments il haïssait cet endroit ! Il cria au chauffeur d'attendre, rentra dans le salon, prit un paquet dans un tiroir et ressortit en trombe. Il frappa à la vitre arrière de la voiture. Mary l'ignora mais le chauffeur savait qui était son patron. La vitre s'abaissa.

— Tiens.

Il prit tous les billets qui se trouvaient dans son portefeuille et les laissa tomber sur les genoux de Mary.

— Tu risques d'en avoir besoin…

Il eut un sourire amer quand les billets s'envolèrent par

la vitre et s'éloignèrent en direction de la piscine, portés par la brise.

— Ça, ne le jette pas, dit-il en laissant tomber le petit paquet sur ses genoux. C'est le téléphone dont je t'ai parlé. Il t'en faut un.

À son grand soulagement, le paquet ne suivit pas le chemin des billets.

— Je t'appellerai.

— Non, s'il te plaît.

— *Na proséhis*, dit-il.

« Prends soin de toi. » Elle trouverait la traduction dans son manuel. Malheureusement, l'affection sincère qu'exprimait cette expression risquait d'être perdue.

14.

— Je suis désolée pour la semaine dernière, papa, dit Mary avec un sourire contrit.

— Il n'y a pas de problème, Mary. On m'a transmis le message, et je t'ai toujours dit que tu n'étais pas obligée de venir toutes les semaines. Tu es bronzée…

Mary réprima un soupir. Elle avait beau être de plus en plus malheureuse au fil des jours, elle gardait une mine éclatante. Mais pas question de parler de son week-end à son père, bien sûr. Malgré tout, elle avait des nouvelles pour lui. Elle se servait du téléphone que lui avait donné Costa. En fait, elle y avait pris goût. À l'auberge de jeunesse où elle logeait, des routards lui avaient appris à le configurer. Ainsi qu'à reconnaître et bloquer les appels de Grèce…

— J'ai plusieurs entretiens d'embauche prévus, ces prochains jours.

Mais ce n'était pas sa vie professionnelle qui préoccupait son père.

— Tu as pleuré.

— Non, j'ai le rhume des foins.

— Mary. Tu arrives peut-être à faire croire ça aux autres, mais je suis ton père…

— Laisse tomber, papa, s'il te plaît.

Il posa un paquet sur la table et le poussa vers elle.

— Qu'est-ce que c'est ?

— Ne t'inquiète pas, j'ai une autorisation. Je suis désolée

qu'il n'ait pas été prêt à temps. Il était dans le four à céramique. Je l'ai fait pour ton vingt et unième anniversaire.

— Je croyais que tu avais oublié.

— Bien sûr que non. J'étais gêné de ne rien avoir à t'offrir, alors j'ai juste…

Évité le sujet… Elle eut un pincement au cœur. Ils étaient aussi doués l'un que l'autre pour ça. Elle ouvrit le paquet et découvrit une petite coupe peinte dans ses couleurs favorites, orange et bleu vifs.

— Elle est très belle.

À son grand dam, quelques larmes roulèrent sur ses joues.

— Tu peux y mettre tes boucles d'oreilles et ce genre de choses.

Elle laissa échapper un petit rire amer et se mordit la lèvre.

— Excuse-moi, ce n'est pas toi qui me fais rire. Cette coupe est vraiment superbe, merci.

Mais pourquoi cette lueur d'inquiétude dans les yeux de son père. Il la regardait comme quand elle était enfant. Pouvait-elle lui expliquer ? Elle avait tellement besoin de se confier à quelqu'un…

— J'ai rencontré quelqu'un.

— Costa Leventis ?

— Comment le sais-tu ?

— Mary, je lis les journaux et j'ai vu les photos. Tu crois que je ne t'ai pas reconnue ? Ton visage n'était pas très distinct mais je suis ton père ! Comment l'as-tu rencontré ?

— J'étais avec un autre homme…

Non, elle ne pouvait pas mentir à son père.

— Enfin, c'était un rendez-vous un peu spécial…

— Mary, s'il te plaît, ne prends pas ce chemin…

— J'ai retenu la leçon. L'homme en question était épouvantable, et Costa m'a sauvé la mise. Nous avons décidé de passer un week-end à Anapliro, une île grecque. J'étais censée jouer le rôle de sa petite amie pour convaincre sa famille qu'il avait enfin une relation sérieuse. Il m'avait prévenue dès le départ qu'il refusait tout engagement, mais…

— Tu es tombée amoureuse de lui.

Un flot de larmes inonda les joues de Mary. Elle raconta son week-end dans les grandes lignes jusqu'à l'accusation de vol.

— Il a osé dire qu'il me pardonnait !

— Il t'a pardonné ?

— J'avais besoin qu'il me fasse confiance !

— Mary ne sous-estime pas son geste. Je ferais n'importe quoi pour que tu me pardonnes.

Elle se figea, les yeux fixés sur ses mains, puis elle finit par trouver le courage d'affronter le regard humide de son père.

— J'étais toujours si prudent… Ta mère me taquinait souvent à ce sujet, dit-il avec un pâle sourire. Ce soir-là je lui ai dit que nous devrions rentrer en taxi.

— Que s'est-il passé ? demanda-t-elle pour la première fois.

— Je n'avais pas envie de sortir. C'était après cet incident avec le plongeoir à l'école. Tu étais perturbée.

— Je me souviens. Maman avait envie d'aller à la soirée.

— Oui, acquiesça son père avec un sourire attendri. Et elle s'est bien amusée. Elle a dansé, elle a bu du champagne…

— Elle était censée conduire…

Mary revit sa mère prendre les clés de voiture.

— Vous vous étiez mis d'accord.

— Mary…

Son père secoua la tête d'un air gentiment réprobateur et elle se remémora ce qu'elle avait dit à Costa, le premier soir au restaurant. « Vous ne devriez pas dire du mal des morts. » Cependant, en partant de ce principe, en ne cherchant pas à savoir ce qui s'était passé exactement ce soir-là, elle avait mis sa mère sur un piédestal. Or celle-ci était comme tout le monde. Pleine de qualités mais aussi de contradictions. C'était une femme adorable, aimante, drôle, attachante, que son père et elle avaient adorée et adoraient encore. Mais elle n'était pas parfaite.

— Vous avez été deux à commettre une erreur ce soir-là.

Cette fois, ce furent les paroles de Costa qui lui revinrent en mémoire. « Pauvre homme », avait-il dit de son père, avec compassion. Pour la première fois depuis son enfance, Mary prit la main de son père.

— Elle ne voudrait pas te voir subir cette épreuve, papa.

— Je sais. Je sais aussi que je l'ai dit un million de fois, mais je vais me reprendre.

— J'en suis sûre. Et je sais qu'il m'a fallu très longtemps mais je te pardonne. Je vous pardonne à tous les deux.

— Rien n'est plus important pour moi que de t'entendre dire ça.

Son père semblait déjà assis un peu plus droit sur son siège. Et de son côté elle se sentait un peu moins à la dérive. C'était comme s'il était redevenu son papa. M. Raisonnable.

— Et s'il te plaît, ne t'enfuis plus jamais avec des étrangers, ajouta-t-il.

Elle ne put s'empêcher de sourire.

— Ne t'inquiète pas. Costa était vraiment l'exception. La première fois que je l'ai vu j'ai eu l'impression de reconnaître un ami.

— Alors, cet homme qui d'après ce qu'on dit ne fait confiance à personne…

— Qui ça « on » ?

— Je te répète que je lis les journaux, ici. Et je peux consulter Internet. Alors quand je t'ai vue avec lui… Tu dis qu'il t'a pardonnée instantanément ?

— Mais pour quelque chose que je n'ai pas fait ! Il ne m'a même pas posé de questions !

Mais il lui avait pardonné instantanément, oui. Elle revit la scène. Il avait tout de suite demandé à sa mère et aux agents de sécurité de partir. Dans ses yeux elle avait vu l'ombre fugitive de la déception, puis autre chose. De l'inquiétude. De la compassion. Il lui avait pardonné. Et son père avait raison. Elle ne pouvait pas dédaigner un cadeau aussi précieux.

— À ton avis, pourquoi t'a-t-il pardonné ?

— Je ne sais pas.

— Tu ne crois pas que tu devrais essayer de le découvrir ?

— Il est trop tard.

Son père sourit. Pour la première fois depuis quatorze ans, Mary vit le vrai sourire de son père.

— Il n'est jamais trop tard, lui assura-t-il. Je l'ai appris aujourd'hui.

Pour une fois la visite lui parut trop courte, et Mary partit l'esprit en ébullition. Pourquoi Costa lui avait-il pardonné aussi promptement ? Avant même d'avoir atteint la grille de la prison, elle avait déjà effectué une recherche sur son téléphone pour avoir une idée des tarifs aériens. C'était peut-être une chance qu'elle soit fauchée. Parce que sinon, elle serait capable de prendre l'avion dès le lendemain pour faire le siège du bureau de Costa à Athènes comme une désaxée…

— Mary ?

Cette voix… Elle leva les yeux et crut que son cœur cessait de battre. C'était lui ! Les cheveux ébouriffés, pas rasé. Les yeux cernés. Il semblait épuisé. Elle franchit la porte de la prison et se retrouva dans ses bras. Quelle sensation extraordinaire ! Pour l'instant, peu importait pourquoi il était là. Elle voulait juste savourer ce moment de félicité absolue… Quand elle finit par être capable de s'écarter un peu de lui, elle demanda :

— Comment m'as-tu trouvée ?

— J'ai parlé à ton ex-patronne à une ou deux reprises la semaine dernière.

— À Coral ?

— Oui. Tu n'as pas seulement quitté ton travail pour venir sur l'île, n'est-ce pas ? Tu as quitté ton logement, également.

— Je ne m'y étais jamais sentie chez moi, de toute façon.

— Tu es dangereuse, Mary Jones, dit-il en souriant. Quand

tu te fixes un objectif tu ne fais pas semblant… J'ai informé Coral que j'envisage d'engager des poursuites contre elle…

— Pour quel motif ?

— Parce qu'elle t'a traitée de manière indigne. Oh ! et j'ai demandé Roula de l'appeler en se faisant passer pour un employeur potentiel qui voulait vérifier tes références. Eh bien elle n'a pas hésité à te discréditer. Et puis contrairement à mes prévisions, je n'ai eu aucun mal à trouver où était emprisonné ton père. Elle m'a fourni l'information sans que je la lui demande.

— Je le savais… Mais que fais-tu ici ?

— Avant tout je suis venu te présenter des excuses.

— Pour quoi ?

— Pour ne pas t'avoir crue. Pour automatiquement t'avoir considérée comme coupable.

— Costa…

Il secoua la tête.

— Pas ici.

Il l'entraîna jusqu'à une voiture qui les attendait et qui les conduisit à l'hôtel où ils s'étaient rencontrés. Retour aux sources. Ils s'installèrent au bar dans des fauteuils chesterfield, Costa devant un cognac, elle devant un chocolat chaud.

— Dis-moi, qu'as-tu fait ces derniers temps à part tenter de m'oublier ? lui demanda-t-il.

— Oh ! tu penses que j'essaie de t'oublier ? Eh bien, figure-toi que je consacre l'essentiel de mon temps à chercher du travail et que j'ai décroché plusieurs entretiens. J'ai également le projet de partager un appartement avec des Belges que j'ai rencontrés à l'auberge de jeunesse.

— Je te dois de l'argent. Kristina m'a dit que tu ne lui as jamais donné tes coordonnées bancaires.

Ah, c'était donc pour ça qu'il était là…

— Je ne veux pas de ton argent, Costa. Si j'étais payée j'aurais le sentiment d'avilir les moments que nous avons partagés pendant la plus grande partie du week-end. De toute façon, tu m'as déjà fourni une garde-robe très utile pour les entretiens, un téléphone…

Elle prit une profonde inspiration.

— Tu m'as également fait prendre conscience que j'étais en droit d'attendre qu'on me traite avec respect. Pour moi c'est beaucoup plus précieux qu'une liasse de billets. Je veux considérer notre week-end comme…

Elle haussa les épaules. Il fallait trouver un terme qui minimiserait la profondeur de ses sentiments pour lui. Il n'appréciait certainement pas que les femmes lui déclarent leur amour.

— Comme une aventure agréable.

— Ah.

— Et je veux te remercier de m'avoir pardonnée. Je suis toujours furieuse que tu aies estimé avoir une raison de le faire, mais je comprends l'effort que ça t'a demandé.

— J'ai pensé que tu avais tes raisons. En revanche, je t'en veux d'avoir bloqué mon numéro. Je t'ai donné un téléphone et tu n'as rien trouvé de mieux à faire que de refuser mes appels.

— J'étais sur le point de le débloquer. Et si tu n'avais pas répondu, j'aurais appelé ta mère ou même Roula pour demander à te parler.

— À ce propos…

Mary sentit son estomac se nouer. Allait-il lui annoncer qu'il avait fini par céder à la pression de sa famille et des habitants d'Anapliro ? Il sortit de sa poche son précieux magnet et le lui rendit.

— Tu as oublié ton magnet. Il détonnait sur mon réfrigérateur.

Elle serra le précieux objet dans sa main pendant que Costa lui lacérait le cœur.

— Roula m'a demandé ce que ça faisait là quand je l'ai invitée à la villa.

— Épargne-moi les détails, Costa.

— Tu disais toujours que tu voulais des détails, au contraire.

Il avait raison… Elle hocha la tête en soupirant.

— Sais-tu pourquoi je t'ai laissée partir ?

— Tu n'avais pas le choix.

— Sais-tu pourquoi je n'ai pas cherché à te voir à Athènes ?

— Je n'ai jamais pensé que tu le ferais.

— J'ai préféré te laisser partir parce que j'ai eu le sentiment que tu étais en danger.

— En danger ?

— Tu n'as jamais aimé Nemo.

— Non, en effet. Sans doute parce qu'il ne m'aimait pas. Je sais bien que tu dois avoir confiance en lui puisque c'est ton responsable sécurité, mais je suis sûre qu'il m'a piégée.

— Tu as raison. Mary, je vais te révéler une chose que personne ne sait. Pas même ma mère. Personne. Il est extrêmement important que tu la gardes pour toi.

— À qui pourrais-je en parler ? Mes relations réelles et virtuelles sont inexistantes.

— Peut-être, mais c'est vraiment très délicat. Après ton départ j'ai emmené ma mère dans sa nouvelle maison.

— Elle lui a plu ?

— Yolanda était un peu perturbée.

— J'ai gâché son anniversaire, dit-elle le cœur serré.

— Pas du tout. C'est moi qu'elle considère comme responsable. Nous avons longuement parlé du passé, d'engagements très anciens qui ont été rompus et de la souffrance qui en a résulté. Elle est fatiguée de travailler dur au centre, fatiguée d'être en permanence sur le qui-vive… Elle m'a parlé de l'humiliation qu'elle a ressentie quand la famille Kyrios nous a rejetés. Elle savait que ce n'était pas moi qui leur posais un problème mais elle, parce qu'ils la considéraient comme un fardeau et qu'ils ne voulaient pas assumer cette responsabilité.

Costa but une gorgée de cognac avant de poursuivre.

— À la suite de cette conversation, j'ai invité Roula à dîner chez moi le soir même.

— Costa, s'il te plaît…

Mary ferma les yeux et se massa les tempes. Elle voulait des détails, mais pas ceux qui concernaient ce dîner…

— Au cours de ce dîner nous avons beaucoup discuté, Roula et moi. D'abord, je lui ai parlé des bijoux et de la montre que son frère avait trouvés. Elle semblait nerveuse alors j'ai changé de sujet. Je lui ai demandé où elle en était de ses projets. Elle veut quitter l'île, mais sa famille n'est pas d'accord. Surtout Nemo. Il estime que la tradition doit être respectée et les anciens engagements tenus. Il est même d'une intransigeance absolue. Tu te souviens que le premier soir Yolanda a dit que Roula semblait préoccupée ces derniers temps ?

Mary hocha la tête.

— Eh bien, Roula est plus que préoccupée. Elle est terrorisée. Récemment, dans le garage de son frère, elle a fait une découverte qui suggère que la mort de son mari n'était pas accidentelle. Nemo semble prêt à tout pour que Roula et moi nous nous mariions, comme ça avait été décidé quand nous étions enfants. Chez lui le sens de l'honneur et le respect de la tradition confinent au fanatisme.

— Oh ! mon Dieu ! Il a été arrêté ?

— Pas encore. Je lui ai donné une promotion pour avoir résolu une affaire de vols, mais d'abord je l'ai incité à prendre deux semaines de vacances bien méritées…

— Merci.

— Non, objecta Costa avec un large sourire. Merci à toi ! Une enquête est en cours, et Nemo est sous surveillance à son insu. Le mari de Roula est mort il y a cinq ans, si bien que les investigations risquent de prendre un certain temps. D'ici là, Nemo est persuadé que Roula et moi nous sommes ensemble et il est d'excellente humeur, ce qui le rend moins dangereux. Mary, j'ai été obligé d'organiser ça avant de venir ici. Je veux que tu… Mais ne restons pas ici. Pouvons-nous monter dans ma suite ? Je sais que personne ne peut nous entendre, mais je préférerais poursuivre cette conversation dans un endroit privé. Je comprendrais que tu ne sois pas…

Mary se leva avant que Costa ait eu le temps de finir sa phrase et elle le regretta aussitôt. Elle aurait pu au moins faire semblant d'hésiter ! En proie à des émotions contradictoires, elle prit le bras qu'il lui offrait et ils quittèrent le bar pour se diriger vers les ascenseurs. Il allait lui annoncer que Roula et lui étaient fiancés… c'était certain.

Et pourtant, cette attirance irrésistible était toujours là entre eux. Et toujours mutuelle. Elle le sentait. Dans l'ascenseur qui les emmenait directement au dernier étage, elle réprima un petit soupir. Une dernière fois, peut-être… Une dernière fois avec l'homme qu'elle aimerait jusqu'à la fin de ses jours…

De l'autre côté de la cabine, Costa regardait Mary. Il ne voyait ni sa nouvelle coupe, ni la tenue de Leo. Son regard était posé sur le magnet qu'elle serrait dans ses mains. L'honnêteté avec laquelle elle avait reconnu sa solitude restait une leçon d'humilité pour lui. Elle avait un tel courage… Le moment était venu de faire preuve de courage à son tour. Lorsque l'ascenseur s'arrêta au dernier étage, il la retint par le bras alors qu'elle s'apprêtait à sortir de la cabine.

— Tu sais pourquoi je t'ai pardonné quand j'ai cru que tu avais volé ces bijoux ?

— Non.

— Parce qu'ils comptaient moins que toi.

Mary retint son souffle. Où voulait-il en venir ? Elle prit le bras qu'il lui offrit et le suivit dans le couloir, les jambes tremblantes.

— Depuis mon père, tu es la première personne dont le départ a laissé un vide dans ma vie.

Ils étaient arrivés devant la porte, mais il ne l'ouvrit pas.

— Il m'arrive de mentir, moi aussi. En réalité, je garde quelques bons souvenirs de lui. Il m'a appris à nager, à pêcher… Je l'aimais. Mais un jour il a décidé que c'était trop lourd pour lui et il est parti.

— Je suis désolée.

— J'aime ma mère, tu le sais. Mais j'aurais voulu avoir une enfance, puis une adolescence. Aller à l'école au lieu de travailler. M'amuser au lieu de me battre chaque jour pour gagner de quoi vivre et faire vivre ma mère. Je rêvais de liberté et je me suis juré qu'un jour je serais libre. Il m'a fallu plus de vingt ans pour arracher définitivement Anapliro aux griffes des promoteurs. J'ai rénové la maison familiale. Et j'ai récupéré le dernier terrain qui me manquait, la veille de notre rencontre. J'avais enfin accompli tous mes devoirs et je m'apprêtais à prendre encore un peu plus de distance. Je prévoyais de voir Yolanda à Athènes à chacun de ses rendez-vous à l'hôpital, mais j'étais prêt à commencer une nouvelle vie, seul et sans attaches.

— En n'étant redevable à personne ?

— Oui. Mais à présent c'est devenu plus compliqué.

Bien sûr… Le cœur de Mary se serra. Yolanda voulait que les anciens engagements soient tenus, que son fils ne s'éloigne pas trop d'elle… et que des tas de beaux bébés joufflus viennent agrandir la famille. Un avenir dans lequel elle n'avait pas sa place.

— On entre ? demanda Costa.

Perdue dans ses pensées, elle avait oublié qu'ils étaient toujours dans le couloir… Le plus sage serait de ne pas entrer dans cette suite. De partir maintenant. Costa fit glisser sa carte magnétique dans la fente. Un signal sonore retentit et un voyant rouge s'alluma. Il jura en grec. Pourquoi semblait-il aussi nerveux tout à coup ? Il fit une deuxième tentative. La porte s'ouvrit.

Mary crut que son cœur s'envolait. Il y avait des ballons partout. Des centaines de ballons. Dorés, argentés, roses, rouges… Certains flottaient dans l'air, d'autres étaient retenus par des rubans. Elle avança lentement, le regard émerveillé, le cœur gonflé d'une joie indicible. Quatorze ans d'anniversaires manqués étaient effacés.

— Et même un gâteau ! s'exclama-t-elle d'une voix étranglée.

— *Sokolatopita* d'un côté, fraisier de l'autre.

Jamais elle n'aurait imaginé que cet homme pouvait être aussi romantique ! Mais en même temps quelle cruauté…

— Je t'aime, dit-elle avec le plus grand calme. Je pense que tu le sais déjà. Mais s'il te plaît n'abuse pas de la situation.

— Qui abuse ?

— Toi. Tu vas épouser Roula, avoir de beaux bébés joufflus et vivre à Anapliro. Mais si tu t'imagines que je vais accepter d'être ta maîtresse, tu te trompes.

— Qu'est-ce que tu racontes ?

— Tu veux que je sois ton amante anglaise, toujours prête à te sauter au cou à chacune de tes escapades londoniennes, toujours prête à…

— Qu'est-ce que c'est que ce délire ?

— Costa, pourquoi m'as-tu amenée ici ?

Costa regardait Mary, secrètement ravi. Rouge de colère, les yeux étincelants… elle était jalouse ! Oh ! oui, elle était jalouse ! Il réprima un sourire malicieux. Jamais il n'aurait pu imaginer un tel malentendu, mais l'occasion était trop belle de la taquiner un peu…

— Pour le sexe, bien sûr.

Il dénoua sa cravate et la laissa glisser par terre. Puis il se débarrassa de sa veste d'un mouvement d'épaules.

— Tu vas rester là sans bouger ? demanda-t-il d'un ton badin.

— Comment oses-tu ? Je viens de te dire que je t'aimais et tu crois que je vais accepter de… ? Je ne peux pas, Costa. C'est impossible !

Parcourue de longs frissons, Mary déglutit péniblement

lorsque la chemise de Costa rejoignit sa cravate et sa veste par terre. Comment pouvait-elle avoir envie à ce point d'un homme qui la traitait comme une…

— Je ne peux pas me contenter d'être ta maîtresse… Je ne pourrai plus jamais supporter d'être seule.

— Mary, tu ne seras plus jamais seule. Crois-moi.

Elle fondit. Comment résister ? Juste une fois… Une dernière fois… Il l'embrassa avec une telle fougue qu'elle vit des étoiles. Puis il lui enleva sa robe, et elle vacilla sur ses jambes, le corps en feu. Il eut à peine un regard pour la parure en soie violette de Leo, qu'il déchira de deux coups secs. D'abord le soutien-gorge. Puis la culotte. Lorsqu'il l'empoigna par les hanches pour la percher sur le bord d'une table, elle crut défaillir de désir. Elle prit appui sur les mains tandis qu'il soulevait son bassin, et un même cri de triomphe leur échappa quand il s'enfonça en elle d'un coup de reins vigoureux. La passion les emporta dans une autre dimension où tout était joie, jouissance et jubilation partagées.

Ils en revinrent éblouis et comblés, avec le même sourire béat. Costa souleva Mary dans ses bras et la porta jusqu'au lit, sur lequel ils s'affaissèrent et restèrent enlacés sans bouger le temps de reprendre leur souffle.

— Tu n'as pas ouvert ton cadeau, finit-il par dire.

— Je ne veux pas de cadeaux.

— Très bien, c'est moi qui vais l'ouvrir.

Il se redressa, prit un petit paquet sur la table de chevet et en sortit un écrin de velours noir.

— Je te préviens, je suis un homme de goût. J'ai choisi du platine. Je n'aime pas les bijoux en or. À propos, il faut vraiment que je perde cette montre. Si seulement quelqu'un pouvait vraiment la voler !

Mary ne put s'empêcher de sourire. Et en même temps son cœur battait à tout rompre. Pouvait-elle vraiment espérer… ?

— J'ai demandé à Leo d'aller voir un joaillier de Santorin qui connaît vraiment les pierres, poursuivit Costa. Je voulais un saphir couleur du ciel d'Anapliro à la mi-journée, parce que pour moi c'est la meilleure façon de décrire tes yeux.

Il lui prit la main gauche et la pressa dans la sienne.

— Il faut que tu m'épouses, Mary.

— Costa…

— J'ai besoin de toi.

— Mais Roula… ?

— Nous sommes amis. Je te l'ai déjà dit cent fois.

Elle sentit des larmes perler à ses paupières.

— Il y a autre chose.

— J'ai parlé à ton père, dit Costa comme s'il lisait dans ses pensées. Je suis allé le voir.

— Quoi ?

— Hier. Je lui ai demandé ta main.

Elle fut submergée par une émotion indicible. Costa venait de panser une des nombreuses blessures d'amour-propre de son père.

— Nous avons parlé de toi et de ta mère. Et je lui ai expliqué quand j'ai su que j'étais amoureux de toi.

— Quand ?

— Quand tu m'as demandé des casques pour le scooter, ça m'a d'abord fait rire. Et puis j'ai pensé à lui. À la souffrance qu'il devait éprouver à l'idée qu'il avait joué un rôle dans la mort de sa femme, de la mère de sa fille. Il aurait pu m'arriver la même chose avec toi.

— Non.

— Si. Responsable ou pas, je ne me le serais jamais pardonné. Et, à ce moment-là, j'ai su que même si ça allait à l'encontre de tous mes projets de liberté, j'étais amoureux.

— Et tu n'as pas pensé à m'en parler ?

— Ces sentiments étaient tellement nouveaux pour moi que je ne savais pas quoi faire. Alors j'ai décidé d'attendre que l'anniversaire de Yolanda soit passé… De voir ça à Athènes, peut-être…

Mary avait le vertige. Jamais elle n'avait soupçonné…

— Une chose que je n'ai pas dite à ton père, c'est qu'il a besoin d'un bon avocat. Je vais m'en occuper.

— Merci.

— Mais dis-moi… Tu ne te doutais vraiment pas que j'allais te demander de m'épouser ?

— Non… Mais rien ne peut me rendre plus heureuse !

Costa lui glissa la bague au doigt.

— Pourrons-nous avoir des bébés ? demanda-t-elle.

Il roula les yeux.

— Oui.

— Et vivre à Anapliro ?

— Nous irons souvent là-bas. Très souvent.

— Vas-tu téléphoner à Yolanda pour lui annoncer la nouvelle ?

— Je ne suis pas grec à ce point ! Aujourd'hui c'est notre fête.

Épilogue

Mary se réveilla seule. Pour quelqu'un qui se disait hostile aux traditions, Costa pouvait se révéler étonnamment conformiste. Il avait insisté pour qu'ils dorment séparément la veille du mariage. Celui-ci avait été gardé secret pour éviter tout problème de la part de Nemo, toujours visé par une enquête. Mais elle n'avait aucune envie de penser à ça aujourd'hui.

La cérémonie aurait lieu à Anapliro. Ils avaient d'abord choisi Londres, mais la permission de sortie de son père ayant été refusée ils avaient changé de lieu. Costa avait pris l'avion hier pour Athènes, où il avait prévu de dîner avec Galen pour lui annoncer son mariage et lui demander d'être son témoin. Allongée dans le lit, Mary contemplait sa bague pour tenter d'étouffer l'angoisse qui grandissait en elle à la perspective de quitter Londres. Costa et son père avaient fait de leur mieux pour la rassurer, mais elle avait le sentiment d'abandonner ce dernier. Elle lui avait rendu visite hier pour lui dire au revoir et lui promettre de revenir très vite. On frappa à la porte. Mary se leva et enfila un peignoir pour ouvrir au maître d'hôtel, qui lui apportait son petit déjeuner.

— Le coiffeur sera là dans une demi-heure, annonça-t-il.

— Merci.

Le planning de la journée était très serré… Toujours à cause des traditions, apparemment très nombreuses en Grèce. Mary soupira. Sa mère lui manquait tant, aujourd'hui… Et son père aussi… *Secoue-toi un peu.* En prenant son verre de jus de fruit sur le plateau du petit déjeuner, elle vit une enveloppe et reconnut l'écriture ample de Costa.

Pour ma future épouse

Sans doute une tradition grecque de plus… Elle ouvrit l'enveloppe. La carte qu'elle contenait n'avait rien de romantique.

Chère Mary de Londres,

S'il te plaît, après le départ du coiffeur, mets ta robe de mariée et tiens-toi prête. Un photographe va venir prendre quelques clichés dans ta suite. L'album de mariage doit en effet comporter des photos de toi en train de te préparer dans la ville où tu résides.

Costa qui t'embrasse.

Et encore une tradition, une ! Pourquoi était-elle aussi agacée par cette accumulation de traditions grecques ? Il fallait à tout prix qu'elle se calme… Elle serait pourtant prête à rejoindre Anapliro à la rame pour épouser Costa. En fait, la cause de sa nervosité était évidente, songea-t-elle pendant qu'on la coiffait. À part le marié, les gens qu'elle aimait seraient absents. Toutefois, poser pour ces photos devrait être plutôt plaisant, parce que sa robe était somptueuse. Dessinée et cousue main par Leo Arati et ses couturières, elle était d'un blanc incroyablement lumineux teinté d'une pointe de lavande très pâle. Elle avait parlé à Leo de la lavande qui poussait dans le jardin de son enfance, et il l'avait intégrée symboliquement à sa tenue. Ses fleurs avaient été livrées. Un petit bouquet de myosotis avec un brin de lavande et une orchidée violette. Elle caressa un pétale velouté.

Toutes les femmes pleuraient le jour de leur mariage, se dit-elle en laissant couler quelques larmes sur ses joues. C'était normal et ça ne l'empêchait pas d'être plus heureuse qu'elle ne l'avait jamais été. Elle s'essuya les yeux et contempla sa bague, ce qui avait le don de l'apaiser. Quand on frappa à la porte, elle accrocha un sourire à ses lèvres avant d'ouvrir.

— Papa ?

Quelle surprise merveilleuse ! Son père était resplendissant dans un costume sombre, accompagné d'un agent pénitentiaire qui se tenait discrètement en retrait.

— Comment est-ce que… ?

— J'ai une permission de quelques heures.

Son père la contempla avec un sourire ému.

— Oh ! Mary…

Il sortit un mouchoir de sa poche et s'essuya les yeux.

— Tu es belle.

— Oh ! papa…

Elle ne tenta même pas de retenir le flot de larmes qui inondait son visage

— Mary, arrête de pleurer. Nous avons rendez-vous pour un mariage.

— Mais… je me marie en Grèce, papa.

— Changement de programme. En Grèce, ce sera une bénédiction. Costa t'attend en bas.

— C'est lui qui a tout organisé !

— Oui, mais jusqu'à hier soir nous n'étions pas sûrs…

— Alors il n'est pas parti à Athènes ?

— Non. J'ai quelque chose pour toi, ajouta son père en souriant.

Il sortit un écrin de sa poche et le lui tendit. Elle l'ouvrit avec précaution et faillit de nouveau fondre en larmes. Les perles de sa mère !

— Je n'ai jamais pu me résoudre à les vendre, expliqua son père. Elle les portait pour notre mariage.

Il l'aida à fermer le collier, mais il y avait encore une chose dont elle avait besoin avant de prendre son bras. Elle détacha le magnet de la porte du réfrigérateur et le garda au creux de sa main.

Lorsqu'elle entra au bras de son père dans une salle de l'hôtel, une autre surprise l'attendait. Yolanda était là ! Resplendissante dans une robe à godets turquoise et argentée, elle utilisait toute son énergie pour rester debout à l'entrée de Mary. Ses yeux étaient humides et, à en juger par sa mine circonspecte, elle n'était pas certaine d'être bien accueillie par la mariée. Mary s'empressa d'aller la saluer, et Yolanda la serra dans ses bras avec chaleur.

— Je suis vraiment navrée, Mary. J'étais blessée pour Costa et je…

— Chut, murmura Mary d'un ton apaisant. Pensons plutôt à l'avenir.

Un homme très séduisant s'approcha d'elle.

— Bonjour, je suis Galen, dit-il en l'embrassant sur les deux joues. Enchanté de faire votre connaissance. Et très impressionné, je dois dire. Je n'aurais jamais imaginé que j'assisterais un jour au mariage de Costa. Et pourtant en principe le calcul des probabilités n'a pas de secrets pour moi.

— Merci, répondit-elle en riant.

Puis elle reprit le bras de son père et il la conduisit vers Costa au son de la *Marche nuptiale*, jouée par le pianiste de l'hôtel. Une cérémonie et de la musique grecque étaient prévues à Anapliro mais pour l'instant c'était Wagner qui résonnait dans la salle. Tous les regards étaient fixés sur elle mais de son côté elle n'avait d'yeux que pour une seule personne. L'homme qui lui avait offert le plus beau des cadeaux de mariage en permettant à son père d'être présent. Vêtu d'un costume sombre, une orchidée violette à la boutonnière, il était sublime.

— Tu t'es rasé, murmura-t-elle en posant la main sur sa joue quand elle l'eut rejoint.

— Bien sûr, Mary de Londres, ce jour est le plus important de ma vie.

Vous avez aimé *Une maîtresse si délicate* ?
Découvrez un nouveau roman de Carol Marinelli
dès le mois prochain dans votre ccllection Azur !

L'assistante d'un Grec, de Carol Marinelli - N°4488

Être l'assistante de Galen Pallas durant six semaines ? Pour Roula, la proposition est d'autant plus tentante qu'elle admire l'homme d'affaires. Parti de rien, le génie de la high-tech a bâti un empire ! Seulement, même si tous deux ont grandi sur l'île grecque d'Anapliro, ils n'ont rien en commun. Sauront-ils marier leurs caractères pour collaborer comme il se doit, et surtout faire taire le désir qui brûle entre eux ?

Une innocente sous les projecteurs, de Melanie Milburne - N°4489

Jamais Elizabeth n'aurait dû accepter de se faire passer pour sa jumelle le temps d'un week-end dans le château de Crannochbrae, en Écosse. Qui croirait un seul instant qu'elle est une mannequin lingerie, elle, la timide bibliothécaire ? Face à Mack McDiarmid, le maître des lieux, elle se sent mise à nu. Aurait-il compris d'un seul regard qu'elle n'est pas celle qu'elle prétend ? Alors qu'elle devrait garder ses distances avec lui, Elizabeth se surprend à défier cet homme qui lui témoigne sa méfiance…

L'escapade d'une princesse, d'Annie West - N°4490

Un pion sur l'échiquier de la dynastie, voilà ce qu'est la princesse Ilsa d'Altbourg. Depuis toujours, elle accomplit son devoir royal, assume son rôle d'ambassadrice, dans l'intérêt de son pays et de ses sujets – mais sans jamais penser à elle. Or aujourd'hui elle a besoin d'échapper à ses responsabilités pour vivre, tout simplement. Aussi, quand Noah Carson, l'irrésistible milliardaire qu'elle vient de rencontrer, lui propose une croisière en sa compagnie accepte-t-elle de le suivre pour ce voyage sur les rives du désir…

La proposition d'un Irlandais, de Heidi Rice - N°4491

Embauchée par Conall O'Riordan pour organiser le mariage de sa sœur, Katherine écoute avec stupeur ses exigences. Et dire que durant leur séjour en tête à tête au château de Kildaragh, où aura lieu la réception, elle devra supporter cet homme tyrannique ! Résolue à ne pas se laisser distraire par son physique d'apollon et son aura de virilité, Katie fait son possible pour garder la raison et le contrôle de ses émotions. Car, elle le sait, on ne mélange jamais travail et plaisir…

Une tendre confession, de Julia James - N°4492

Enceinte. La nouvelle est un choc pour Alys, car le bébé qui grandit en elle est celui du sublime inconnu dans les bras duquel elle s'est abandonnée un soir de solitude… Sitôt qu'elle révèle par courrier son état à Nikos Drakis, celui-ci exige qu'elle l'accompagne dans sa villa grecque. Et sur place Alys doit se rendre à l'évidence : l'homme qui lui a fait perdre la tête l'attire toujours autant, même s'il ne lui cache pas son hostilité et son ambition de réclamer son héritier !

L'épouse de Jin Zhang, d'Andrea Bolter - N°4493

Créatrice de mode en herbe, Mimi aime depuis toujours Jin Zhang, le meilleur ami de son frère. Lorsque ce dernier a besoin de son aide pour sauver le label Haute couture de sa famille, il offre soudain à Mimi tout ce dont elle rêve : un travail *et* la chance d'être son épouse ! Si elle accepte avec bonheur cette union de convenance, Mimi ne peut s'empêcher d'espérer qu'elle évolue vers un mariage d'amour…

L'héritier d'Apollo Drakos, de Jennifer Faye - N°4494

Par amour, Popi a accepté d'être mère porteuse pour sa sœur et son beau-frère. Hélas, quand les futurs parents disparaissent subitement, elle se voit obligée d'élever le bébé seule. En tout cas, c'est ce qu'elle croit jusqu'à ce qu'Apollo Drakos, l'oncle de l'enfant, vienne sur l'île de l'Éternité lui réclamer sa garde ! Malgré leur désaccord et pour le bien du bébé, tous deux tentent de s'entendre, tout en ignorant l'attirance qui grandit entre eux et qui pourrait mettre à mal ce fragile équilibre…

La tentation du Costa Rica, de Pippa Roscoe - N°4495

SÉRIE : *PRÉCIEUX HÉRITAGE* - 1/3

Pour hériter de la propriété familiale, Skye Soames doit retrouver… des diamants disparus ! Un défi qui la mène bientôt chez le milliardaire Benoît Chalendar, installé dans la forêt tropicale du Costa Rica. Celui-ci accepte de l'aider dans sa quête, mais à la condition qu'elle l'épouse ! Auprès de lui, Skye découvre une faune exceptionnelle, des cascades – l'aventure ! Et aussi le frisson du désir…

La brûlure d'une vengeance,
d'Abby Green - N°4496

SÉRIE : *NUITS D'ÉTÉ* - 2/2

Zachary Temple n'a pas oublié les grands yeux bleus d'Ashling Doyle, ni la façon dont elle a tenté de ruiner sa carrière. Quatre ans plus tôt, sans même le connaître, elle l'a humilié publiquement en se faisant passer pour l'une de ses conquêtes ! Aujourd'hui que le hasard l'a remise sur son chemin, il n'a qu'une envie : se venger d'elle. Mais l'attrait puissant qu'il éprouve pour Ashling l'invite à se demander s'il ne pourrait pas d'abord la mettre dans son lit...

Dans le lit d'un roi, de Maya Blake - N°4497

Voilà un an que le roi Lucca est hanté par la douce Delphine, qui a subitement disparu de sa vie et de son lit. Maintenant qu'il est parvenu à la retrouver, il espère la convaincre d'adhérer à son plan. Afin de faire oublier le scandale qui entoure la famille de Lucca, tous deux devront jouer ensemble la comédie de l'amour devant les médias avides de romance ! Et qui sait, en se rapprochant de Delphine, Lucca découvrira peut-être enfin la raison pour laquelle elle est partie...

Le serment d'un été,
de Catherine George - N°4498

Devant la loi, Alicia est toujours l'épouse de Francesco da Luca. Et dans son cœur aussi... Toutefois, elle sait à quoi s'en tenir : le bel Italien qui l'a envoûtée, huit ans plus tôt, n'existe plus. Il a été remplacé par un homme froid et arrogant qui l'a méprisée tout au long de leur vie commune, avant qu'elle décide de s'enfuir. Un homme qui lui demande, aujourd'hui, de revenir à Montedaluca pour régler une question d'héritage. Cette perspective glace Alicia, mais n'est-il pas temps, enfin, de faire une croix sur le passé et de rayer de sa mémoire le seul homme qu'elle ait jamais aimé ?